Christiane Schlenzig

Kraniche im Ruderflug

Kurzgeschichten über Flucht, Vertreibung, Krieg, Einsamkeit. Angelehnt an die Thematik ihrer bisher veröffentlichten Romane wechselt die Autorin in beeindruckender Sprache zwischen Erinnerung und dem Jetzt. Zwischen Partnerbeziehung und dem Alleinsein. Ein Generationen-Bogen vermittelt Erlebtes mit all seinen Gefühls-Facetten. Eine kraftvolle Auseinandersetzung mit der Vergangenheit.

*Über die Autorin:*
*Christiane Schlenzig,* schreibt Prosa,
Autobiografisches und Fiktives.
Sie ist Mitglied im Berufsverband junger Autoren.
Bisherige Veröffentlichungen in Anthologien, u.a.
in: „Mauerstücke – Erinnerungsgeschichten", sowie
im Menschenrechte-Lesebuch Amnesty International „Wer die Wahrheit spricht ..." bei Edition Roesner, 2012 Debütroman: „Flügel zitternd im Wind", 2014 Familienroman: „Zeit zwischen Nacht und Tag", Roman 2017 „Wenn jede Stunde zählt".

Christiane Schlenzig

# KRANICHE
## im Ruderflug

Erzählungen

Neuauflage 2018

Die Deutsche Nationalbibliothek verzeichnet diese Publikation in der Deutschen Nationalbibliografie; detaillierte bibliografische Daten sind im Internet über http://dnb.dnb.de abrufbar.

© 2016 Christiane Schlenzig
Herstellung und Verlag:
BoD – Books on Demand, Norderstedt
Umschlaggestaltung: Uta Schlenzig, Leipzig
ISBN 978-3-7412-7284-4

MIX
Papier aus verantwortungsvollen Quellen
Paper from responsible sources
FSC® C105338

**G**
**R**
**E**
**N**
**Z**
**E**
**N**

**L**
**O**
**S** ...

# EIN AUSFLUG ANS MEER

Eine Möwe mit aufplustertem Gefieder zwischen den Halmen der Gräser. Er hört das Rauschen der Wellen. Die Luft riecht nach Meer, Salz und Frische. Ein Geruch, der an ferne, gute Zeiten erinnert. Kinderspuren im nassen Sand. Das Eingraben, ein beliebtes Spiel. Der Vater musste seine Füße suchen, immer und immer wieder.
Die Ostsee: Jahr um Jahr für Tausende von Urlaubern das beliebte Urlaubsziel. Die Quartiere waren überfüllt, die Campingplätze auch – erschwingliche Preise für jeden. Auch ihn hatte die Ostsee fasziniert – damals. Heute liegt ein Schatten über allem.
Vorsichtig hebt er den Kopf, um einen Blick auf das Meer zu wagen. Sanfte Schaumkronen auf dem Wasser. Purpurrot die untergehende Sonne, die einer leuchtend goldenen Naht gleich, den Horizont vom Meer trennt.
Er hängt letzte Erinnerungsfetzen auf das Wasser, bis sich eine dicke Angstschicht darüberlegt.
Noch einmal geht er gedanklich alle Arbeitsgänge durch, jede Einzelheit, jeden möglichen Zwischenfall, dann wartet er auf die Dunkelheit.

Unter dem Geäst von alten trockenen Kiefernzweigen hält er sein Schlauchboot versteckt.

Statistisch gesehen stehen seine Chancen nicht besonders gut …

Ihn fröstelt. Die Versuchung, nach der Kognakflasche zu greifen, die seitlich in seinem Seesack steckt: Nein, die wird er später dringender brauchen.

Letzte Strahlen der späten, sanften Sonne – ein letzter Abglanz, dann sieht er die grellen Scheinwerfer. Die Küstenwache schickt ihren kalten Lichtkegel langsam tastend über den Sandstreifen, das Meer, den Horizont. Die schwarzen Kiefernstämme starren angstvoll regungslos. Er zieht eilig seine warme Wattejacke an und wirft sich auf den Sandboden, den Blick auf die Armbanduhr gerichtet. Jetzt muss er sich konzentrieren. Präzise genau die Zeit stoppen, wann und wo der Scheinwerfer über den Strand und das Wasser gleitet. Nach einer reichlichen Stunde wagt er es.

Er atmet schwer, sein Herz beginnt zu rasen, eine ungewohnte Weichheit dringt in seine Knie.

Er muss schnell und sicher die Berührung mit dem Meer aufnehmen, die kurze Zeitspanne, wenn das suchende Auge des Scheinwerfers weit hinten über dem Horizont steht. Das Boot gleitet ins Wasser. Ein lautloser Paddelschlag, der Konzentration er-

fordert. Der Wunsch nach Freiheit, nach Leben, nach Überleben, ein reißender Strom von Lebenswillen, gespeist von der Hoffnung, dass er es schafft, gibt ihm Kraft.
Das war vor dreißig Jahren …

Heute läuft er leichtfüßig über den warmen Sandboden am Saum des Wassers entlang, lässt die Schaumkronen auf der Haut spielen.
Lang gezogene graublaue Wolkenbänke am hellen Sommerhimmel.
Er lenkt seine Schritte hin zum Festland. Der Seewind bringt eine leichte Brise über die Dünen.
Erinnerungen überlagern sich.
Seine Blicke flattern, einer Magnetnadel gleich, sie wollen orten. Er sucht nach dem Stein. Wo ist er?

Der dichte Kiefernwald irritiert. Ein Gewirr von Ästen, die hoch in den blauen Himmel ragen. Woran soll er sich orientieren? Es riecht nach Harz und die Nase atmet plötzlich alte Angst.
Er fühlt, trotz des heißen Sommertages, das Frösteln und die Feuchtigkeit des kalten Seewindes von damals.
Was will er hier? Warum ist er bloß hierher gekommen? Er muss weg von diesem grausigen Ort der Erinnerung! Er setzt sich auf den Sandboden

und presst die Handballen gegen die Schläfen, so dass sein Kopf wie in einem Schraubstock zwischen den Fäusten hängt.
Seine Augen wandern weiter über den Sandboden und suchen unter den Kiefern.
Da … zwischen trockenen Kiefernnadeln und Kienzapfen im weißen Sand. Das muss er sein! Er wischt mit der rechten Hand behutsam die kleine Erhebung im Sand frei und hebt den Stein mit beiden Händen hoch, dann dreht er die Unterseite nach oben – sein Herz schlägt höher. Ein leichtes Schwindelgefühl: Der Stein!
Seine Initialen, eingeritzt mit dem Taschenmesser, darunter das Fluchtdatum – grau, verwaschen jetzt.
Er wollte ein Lebenszeichen hinterlassen, damals.

„Papa, wo steckst du denn? Ich schaffe das nicht allein mit dem Boot", eine vom Meeresrauschen verschluckte Stimme bringt ihn in die Gegenwart zurück. Er erhebt sich und winkt seiner Tochter:
Den Stein legt er behutsam an seinen Ort zurück, streift mit der Hand über den schuppigen Stamm der Kiefer, schaut nach oben in die Wipfel der Zweige, die Hände klebrig vom Harz: Dass wir beide uns im Alter noch einmal wiedersehen würden …

„Ach, wie stellst du dich denn an", der Vater ist bei seiner Tochter. Laura mit ihren zu schwarz gefärbten Haaren und zu tief sitzenden Jeans, sie steht vor einem vergilbten, farblosen Etwas und macht sich an einer Hubpumpe zu schaffen. „Ich habe das Boot mit meiner eigenen Luft aufgeblasen. Mein Rekord waren sieben Minuten!" Der Vater setzt sich neben die Bootshaut, die muffig und nach altem Gummi riecht.

„Wollen wir wirklich mit diesem alten Boot aufs Wasser? Das ist viel zu klein für uns beide. Es schaukelt wie eine Nussschale mit uns auf den Wellen. Das macht keinen Sinn, Papa!" Die Tochter mault.

„Lass es uns versuchen! Du bist doch sonst so abenteuerlustig …"

„Irgendetwas ist mit dir. Das merke ich schon seit unserer Abreise." Die Tochter wartet auf eine Erklärung …

---

Er war gestrandet. Durchfroren – fast bewusstlos – krank. Das Auffanglager. Das Misstrauen. Die vielen bohrenden Fragen. Wieder Verhöre – jetzt von der anderen Seite.

Er wurde gesund aus dem Lager entlassen – schneller als andere, bekam eine Arbeitsstelle zugewiesen

und eine Wohnung. Doch fühlte er sich wie ein Tiefseetaucher, der die Sonne vom Meeresboden aus sehen wollte.
Frei? Freiheit? Gab es das überhaupt? Er blieb ein Kritiker, ein Zweifler. Ein Fremder.

Nun sitzt er auf dem Sandboden und denkt zurück. Ein Teil von ihm schreitet ständig voran und hat Erfolg, der andere nagt gefräßig an ihm. Er hatte geglaubt, seine Vergangenheit ließ ihn einfach so los.
Die Tochter, welche Rolle spielt sie in seinem Leben? Sie bewohnt eine Welt, die ihm unbekannt ist. Eine Welt voller Geschichten und Fragen, die ihm fremd sind.
Sie kippt vor ihm gelangweilt den Inhalt des zweiten Packsackes auf den Sandboden: Eine leere Trinkflasche, ein Strick, ein Plastbeutel mit Schraubventilen, ein Paddel: „Moment mal, da hängt noch etwas …" Sie fühlt und angelt und greift mit der Hand auf den Grund. Ein spitzer Gegenstand hat sich in der Stoffnaht festgehakt. Mit einigen Mühen fischt sie ein kleines graues Betonstück heraus.
„Was ist denn das, Papa?" Der Vater ist überrascht. Er hatte diesen kleinen Zementblock verloren geglaubt: „Das ist ein Stück Mauer."

„Was für eine Mauer?"
„Na, von d e r Mauer! D i e, die durch Berlin ging."
„Ach, Mauer, Mauerstücke, Mauergeschichten … ich kann es nicht mehr hören. Eure schlimme Vergangenheit. Schon mal was von Mexiko gehört? Oder Nord- und Südkorea? Oder fahr doch mal nach Zypern, von Süd nach Nord! Weißt Du eigentlich, dass die Mauer in Israel doppelt so hoch ist, wie eure war?"
Er sieht, wie sie seine Reliquie in den Händen hin und her wendet, sie in die Höhe wirft. Beim Auffangen eine kleine Schürfwunde am Zeigefinger. Die Tochter schiebt den Zeigefinger zwischen die Lippen. Und, als müsse sie ihre aggressiven Worte mit diesem Stein aus der Luft zurückholen: „War das wirklich so schlimm, wie alle erzählen?"
„Ich habe dieses Mauerstück eigenhändig herausgeschlagen, damals." Die Tochter betrachtet den grauen Klumpen und legt ihn zurück zu den anderen Dingen.

---

Die Tage glitten dahin, wie ein Zug auf vorgeschriebenen Gleisen. Die Jahre verschmolzen langsam miteinander. Irgendetwas hatte angefangen, seinen Alltag zu überwuchern. Seine Hoffnungen, sein freudiges Vertrauen, seine Erwartungen waren brüchig geworden. Sein Tagesablauf hatte sich gegen ihn erhoben und verlangte eine neue Orientierung.

Plötzlich, irgendwann in dieser Zeit, war die Ostzone stärker als zuvor in aller Munde. Die Zeitungen schrieben von Demonstrationen.
Veränderung lag in der Luft, die herüberwehte. Sein Alltag belebte sich, es war spannend geworden.
Mit eiligem, zielgerichtetem Gang lief er nach der Arbeit in seine Behausung, stieg hastig, den Wohnungsschlüssel schon in der Hand, zwei Treppen auf einmal nehmend, die Stufen nach oben. Öffnete die Tür, warf seinen Mantel über den Stuhl und eilte ins Wohnzimmer. Er schaltete den Fernseher ein, setzte sich in den Sessel und starrte mit hitzigem Kopf auf das Bild.
Ihn beschlich Angst. Angst um seine Eltern, seine Freunde. Menschen strömten in die Kirchen – Scheinwerfer, Kameras, Polizeiketten.
Ein unbekannter vulkanartiger, tosender Ausbruch erwachender Kräfte. Um Mitternacht – er erinnert sich noch sehr genau – klingelte das Telefon. Er hatte schon geschlafen und nahm schlaftrunken den Hörer in die Hand: „Mach dich auf, alter Junge, steige ins Auto … die Mauer …", die aufgeregte Stimme seines Cousins drang wie eine Fanfare in seine Gehörgänge.

Er spürt noch das kantige, scharfe Mauerstück, eingeschlossen in seiner Faust – blutige Kratzer nicht nur auf der Haut. Das kann ich meiner Tochter nicht vermitteln. Worte, hundertmal gesagt und weggeworfen wie Papierfetzen – wertlos, zerrissen.

Diese verzweifelte Vergänglichkeit.
Warum fragt sie nicht? Es gibt so viel Ungesagtes, das sich sperrig vor uns auftürmt.
„Na, Alter, was ist? Willst du aufblasen? Schaffst du es noch? Ich guck auf die Uhr: Sieben Minuten!"
Die Tochter hat das Gefühl, den Vater aufheitern zu müssen.
„Ich glaube, du hast Recht, wir sollten unsere Bootsfahrt bleibenlassen."
„Ha, ha - du kneifst", die Tochter lacht.
Das will er nicht auf sich sitzenlassen. Er hebt das luftlose Gummi auf, hält das Ventil an den Mund. Die Wangen voller Luft, beginnt er zu pusten. Die Tochter stoppt die Zeit: „Eine Minute, zwei Minuten …" Das Schlauchboot will nicht mehr, seine Zeit ist wohl vorbei. Der Vater jappst nach Luft. Gerade noch hochrot im Gesicht, wird er plötzlich blass, kreideweiß – fällt zu Boden. Die Tochter schreckt zusammen, rüttelt ihn: „Papa, hallo! Papa, was ist mit dir?" Nichts rührt sich. Bewusstlos liegt er im weißen Ostseesand.

Laura überlegt fieberhaft: Wo ist das Handy? Der Notruf ... „Hallo ... Ja, sofort ... Am Strand in der Nähe des Leuchtturmes. Sofort bitte!"

Eine leichte Abenddämmerung breitet sich im Krankenzimmer aus. Die Sonne ist untergegangen, ein letzter Abglanz orangefarbenen Lichts fällt auf das Bett. Er erwacht. Er sieht die Tochter verschwommen vor sich, blinzelt, zwischen schmalen wässrigen Augenlidern hindurch, in das Gesicht seiner Tochter.
Er atmet ruhig. Seine Stimme ist leise und schwer, aber klar und deutlich: „Ich habe in meinem Koffer eine Akte: Staatsicherheit Berlin. Es sind nur Auszüge. Ich wollte mit dir darüber reden. Bitte, nimm sie dir und lies. Und, verzeih mir!"

Die Worte gehen ihm schwer über die Lippen, es ist ihm, als stehe der Großvater an seinem Bett: Ohne Vergangenheit gibt es keine Zukunft, hatte er gesagt, damals, als er ihm seine Geschichte erzählte, die Geschichte von Krieg, Verzweiflung und Flucht:

## GROßVATER

Dumpfes, fremdes Stimmengewirr drang an mein Ohr. Polnische und russische Laute. Hagelkörner, eiskalt auf meiner Haut. Mit dem Gewehrkolben im Genick wurde ich am Gutshof vorbeigetrieben. Die Trecks hätten mich stutzig machen müssen …. Pferdewagen, Handwagen, schwer beladen mit Stoffbündeln und Menschen. Wohin schleppten diese Menschen sich? Irgendwann hörte ich aus der grauen Elendskarawane ein deutsches Wort. Eine Frau aus dem Treck rief: Wo willst du hin, Soldat? Du läufst in die falsche Richtung!
An der pommerschen Ostseeküste wartet meine Frau mit dem Kind auf mich, ich zeigte gen Osten. Die Frau schaute mitleidig. Ich hatte immer noch nichts begriffen …
Und da war es auch schon zu spät: *Dawai, dawai!* Der harte Klang des Basses in meinem Rücken, ein Knirschen von Stiefeln im Schnee und das kalte Metall im Nacken, so wurde ich angetrieben, hin zum Scheunentor. Worte drängten sich in meine Gedanken, neue Worte. Sie versuchten Wurzeln zu schlagen in meinem Gedächtnis, um die alten Wörter zu tilgen, die dort noch waren: Krieg, Tod.

Mein erster Toter – Alpträume, die ich nie losgeworden bin: Die Front, das Feld, die forsche Stimme des Leutnants: Schieß, worauf wartest Du? Du musst abdrücken! Willst Du von dem Feind abgeknallt werden?
Mein Finger verkrampfte sich auf dem Abzug.
Der Boden unter meinen Füßen begann zu schwanken. Stockende Bilder. Ich sah den Körper, wieder und wieder. Ein Körper, der unter meiner Kugel zusammenbrach, sich aufraffte, zusammenbrach, sich aufraffte, zusammenbrach, als ob der Film einen Riss hätte. Ich war Auge in Auge mit meinem Gewissen. Lebenslänglich.

Nun also bin ich dran!
Die gerechte Strafe: *Dawai, dawai!*.

Ich hätte die zerschlissene Uniform ablegen sollen, aber wie? Frauenkleider von einer Toten am Wegesrand? Bisher war ich nur bei mir und meinen Gedanken an Frau und Kind gewesen: Ich muss zu ihnen! Sie warten!
Das Kind, wie alt wird es sein? Ein Viertel oder ein halbes Jahr alt? Es hat Deine Augen und Dein Lachen, so schrieb sie, meine Frau. Die Feldpost hatte mich genau an dem Tag erreicht, als eine

Granate direkt neben mir im Schützengraben meinen Kameraden tödlich traf.
Einen Monat später war der Krieg vorbei.

Vorbei?
Gefangenenlager: Salaud –cochon – nazi, französische Laute, die mich trieben. Tage, Wochen.
Ich lag oft des Nachts unter einem Baum hinter dem Lager und dachte an sie, meine große Liebe – eine schnelle Kriegsheirat, um sich dann wieder trennen zu müssen. Der Himmel schwebte wie eine mit Lichtpunkten durchflutete Glocke über mir. Die Sterne schienen greifbar nahe, das zart leuchtende Band der Milchstraße – nur ein Gedanke umkreiste mich und legte immer engere Ringe umeinander. Die Gewissheit, dass wir aneinander denken: Wenn du zum Himmel schaust, die Sterne siehst, die Milchstraße – sie bringt uns einander nahe, ganz nahe zueinander!
Irgendwann hatte die körperliche Erschöpfung die Erschütterungen meines Gefühlslebens besiegt. Irgendwann, es war im Herbst, dem ersten nach Kriegsende, durfte ich zu den Heimkehrern gehören.
Drei Wochen war ich unterwegs gewesen, durch zerbombte Städte und niedergebrannte Dörfer. Zu Fuß.

In dem zerstörten Stuttgart fuhr – welch ein Wunder – ein Zug, der mich, auf dem Trittbrett hängend, ein Stück gen Osten brachte. Mit leerem Magen und zerschundenem Körper war ich bis an die Oder gekommen. Meinen Hunger betäubten Halluzinationen – Gedanken.
Vergessen geglaubte Worte.
Frieden, Liebe, was bedeuteten diese Worte. Ich wusste es nicht mehr. Krieg, die Vokabel war noch immer da. Ich versuchte sie herunterzuschlucken. Das Wort sperrte sich, verkeilte sich und steckte fest in meiner Kehle. Mit dem Gewehr im Genick schleppte ich meine zittrigen Beine vorwärts.
Ich dachte an den toten Kameraden im Schützengraben, es hätte schon damals auch mich treffen können. Die Spanne Zeit, die nun dazwischen lag … *Dawai, dawai*.
Ich hätte gern noch einen Abschiedsbrief geschrieben und ihnen gesagt wie sehr ich sie lieb habe, Frau und Kind. Ich ließ meine Tränen ohne Gegenwehr auf den Boden tropfen, stolperte über Steine und Baumwurzeln an dem barbarischen Gelächter der Sieger vorbei.

Zur Scheune wurde ich getrieben, an toten Kameraden vorbei, hinter das große Tor.

Dort herrschte Stille, und in den Holunderbüschen zwitscherten die Vögel.

Plötzlich war der kalte Gewehrkolben zur Seite geknickt und eine Hand berührte meine Schulter. Eine kleine vorsichtige Drehung. Auge in Auge. Eine Sekunde? Oder mehr?

Ein russischer Kamerad schaute mich an, tiefe Gräben unter den blauen Augen.

Ein kluger, warmer Blick. Aus welcher Tiefe kam das Licht?

*Njet Ost, nitschewo Deutsch*, und er zeigte mit dem gespreizten Daumen hinter sich:

*Zurück, choditsch! Verstehen? Du zurück!* und stupste mich in westliche Richtung. Es ging alles ganz schnell. Ich rannte einfach los, zuckte zusammen, als in meinem Rücken zwei Gewehrschüsse krachten.

So ist es also, wenn man stirbt. So ist der Tod. Man spürt gar keine Schmerzen! Ich wollte niederstürzen, aber in meinem Körper war Leben. Welch ein Wunder. Ich stand da – aufrecht – nur meine Knie waren weich und mein Körper zitterte. Als ich mich noch einmal umdrehte, sah ich den Russen mit dem Gewehr in die Luft schießen, der Kamerad schaute zu mir und winkte.

Wie ich in die mecklenburgischen Wälder kam, weiß ich nicht mehr. Auf einem Bauernhof am See hatte ich sie gefunden. Die Frau, meine Frau. Nach dem Kind habe ich nicht gefragt. Ich habe in ihre Augen geschaut . . .
Ich musste nicht fragen.

Nie wieder Krieg! Nie wieder eine Waffe in der Hand! Dieser Losung schloss ich mich an, als es hieß: Auferstanden aus Ruinen und der Zukunft zugewandt ..., denn ich glaubte an Wunder.

Dann – ein neues Jahrzehnt –
man sprach von antifaschistischen Schutzwällen.
Vom Klassenfeind.

Von Vaterland, von Verteidigung.

Wieder Waffen ...

Da war mir mein Glaube abhanden gekommen.

## DER SCHATTEN

Ein Schatten folgte mir durch den Tag,
in jeder Nacht kauerte er vor meinem Bett,
wartete auf den Morgen,
um sich wieder an mich zu heften.

Sollte ich von dem Schatten erzählen?

Der Krieg, er hat seine Markierungen hinterlassen.

Ich werde nicht zulassen,
dass der Schatten sich an euch heftet.
Lasst mich erzählen!
Ich werde erzählen, jetzt.

„Ich schwöre bei Gott diesen heiligen Eid,
dass ich dem Führer des Deutschen Reiches
und Volkes,
unbedingten Gehorsam leisten,
und als tapferer Soldat bereit sein will,
jederzeit für diesen Eid mein Leben einzusetzen."

Heldentum und Ehre.
Er zieht freiwillig in den Krieg!

Freiwillig?

Plötzlich ist er mir fremd
und doch so schmerzlich nahe.

Ich bin verliebt, ich fürchte den Verlust.

Uniform der Deutschen Wehrmacht.
Die Schulterklappen kratzen beim Abschied feucht
an meiner Wange.

Ich erfahre erst später,
dass er sein jüdisches Blut
hinter dem starren Tuch versteckt hält.

Weißer Nebel. Weißes Brautkleid.
Weiß auch die Blumen.
Der Bräutigam.
Ausgehuniform der Deutschen Wehrmacht.
Kriegsheirat.
Kurzes Glück,
dann tränenreiches Sichvoneinanderlösen.

Die Front ruft.
Pflichtbewusstsein und Befehl.

Zurückgelassen. Verlassen. Allein.
Nicht lange. Ein neues Leben in mir,
die Sorge wächst mit.

Die Leibesfrucht, geschützt, genährt noch.
Dann die Geburt.
Zehn Stunden Wehen:
Ein erträgliches Maß für eine Erstgebärende,
sagt die Hebamme.
Eine Klinik, eine Hebamme,
ein Pfarrer, die Taufe:
Wie im Frieden.

Ein Mädchen ist geboren.
Der Vater,
kämpfend um sein Leben im Töten,
weiß nichts von alledem.
Die Feldpostnachricht
geht im Bombenhagel verloren.

Niemand soll die Tür einschlagen müssen ...
Den Wohnungsschlüssel habe ich steckengelassen.
Die Fotos entfernt.
Bildlos hängen die Rahmen an der Wand.
Ein freier Platz.
Vielleicht für Erinnerungsfotos
aus verschwitzten Uniformjacken?

Das Kreuz über dem Ehebett bleibt an seinem Ort.
Russen sind gottesfürchtig –
religiöse Menschen, sagt man.

Andere Dinge, die man auch noch sagt,
versuche ich zu verdrängen.

Das Porzellan hätte ich gern mitgenommen –
ein Hochzeitsgeschenk.
Es hat keinen Platz im Kinderwagen.
Bevor ich die Tür ins Schloss fallenlasse,
schaue ich noch einmal zurück:

Max warmer Wintermantel hängt auf einem Bügel
an der Garderobe …

Flüchtlingstreck. Schreie. Wimmern.
Schleppender Gang ins Ungewisse.
Das Bündel im Arm, die Windel zu Eis gefroren,
Gefühle auch.
Gelenke schmerzen bei jedem Schritt.
Blaue Beulen an den Füßen.

Das Hirn befiehlt den Beinen:
Schritt halten,
immer schön einen Fuß vor den anderen.
Anschluss an den Treck halten.
Weiter, immer weiter.
Schritt vor Schritt. Nicht fallen.
Aufstehen hätte ich nicht hinbekommen.

Wer stolpert, stürzt,
wird vom Flüchtlingsstrom überspült,
zertreten und zerstampft.
Menschen zu gefühlslosen Kreaturen gefroren.
Weit vorn ein Gehöft.
Ein Hund bellt.

Neue Hoffnung.
Hoffnung, die das Blut in den Adern
zum Rauschen bringt,
den schlurfenden Gang schneller werden lässt.

Wie alt ist die Kleine?
… sechs Monate, fast sieben!
Milch, vielleicht gibt es Milch für mein Kind …

Der Bauernhof, eine menschenleere,
zertrümmerte Hütte.
Hoffnung zerfällt wie ein Kartenhaus

Die Erde weiß. Die Luft wie Glas –
blaues, flüssiges Glas.
Atemwolken, die immer dünner werden.
Ein schreiendes Bündel,
dann nur noch ein Wimmern,
leiser und leiser werdend, bis es zerflattert, zerweht.

Am Straßenrand dunkle, bewegungslose Gestalten
– still und friedlich.
Friedlich?
Das Kind ...
es gleitet zu Boden,
es fällt mir aus dem Arm.
Ich schaue nicht zurück.
Hasten, stolpern, fallen.
Immer weiter Richtung Westen,
der Oder entgegen.

Überlebensbefehle im Kopf,
umklammere ich das raue Holz des Leiterwagens.
Jede menschliche Regung zerschmolzen im Schnee.

Durch verschlissene Handschuhe
pfeift kalter Wind.
Menschen zu gefühllosen Wesen gefroren.

Die Krähen auf dem Schneefeld,
sie fressen alles was tot ist,
sie machen sich nicht die Mühe ihren schwarzen Körper in die Luft zu schwingen.
Die schwarzen Vögel riechen den Tod –
blutverklebtes, gefrorenes Fleisch.
In dieser Welt bleibt keine Krähe hungrig.

Gehetzt. Weiter und weiter,
immer weiter.
Ich haste,
frage nicht nach dem Sinn.
Mein Herz ist stumm.

Ich hätte mich neben mein Kind legen sollen,
es im Arm wiegen …
Vielleicht …

Mit meinem Atem noch einmal Leben einhauchen.
Wenn da nicht der russische Offizier gewesen wäre.
Angst, Demütigung, Scham, Schmerz.

Dort wo der Wind sich verliert,
dort bin ich gestrandet.

Vielleicht hätten wir reden sollen,
miteinander, voneinander, übereinander,
vielleicht …

# Beim Abstauben meiner Bücher
## - Erinnerungen Oktober 1989 -

Langsam, Schritt für Schritt, Stufe um Stufe, kämpfe ich mich nach oben. Die alte Holzleiter quietscht und wackelt. Ich hasse Leitern.
Endlich stehe ich mit meinem Staubpinsel auf der letzten Sprosse, richte mich auf und stoße empfindlich hart mit dem Kopf gegen die Zimmerdecke ..., also wieder eine Stufe nach unten.
Du bist doch sonst nicht so ängstlich, sagt Peter immer, wenn er mich auf eine Leiter klettern sieht, ich höre den Unterton.
Er kann Ängstlichkeit nicht ausstehen und Saubermachaktionen noch weniger. In der letzten Regalreihe stehen Bücher – meine Bücher. Als ich vierzehn war, bekam ich die ersten Klassikerbände geschenkt, später kaufte ich mir von meinem Taschengeld jede Neuerscheinung, die ich bekommen konnte.
Ich lebte in der Welt der Bücher.
Nachdem ich zu Peter gezogen bin, musste ich sie oft vor der Vertreibung retten, vorm Verstauben auch. Meine Bücher sind etwas ganz Besonderes, aber sie wissen es nicht mehr.
Jedes Exemplar eine Rarität – damals.

Literarische Werke – Prosa, Gegenwartsliteratur waren in unserem kleinen begrenzten Land schwer zu haben.

Indem ich mit dem Staubpinsel über einen Buchrücken streife, kann ich der Versuchung nicht widerstehen, es aufzuschlagen: Meine Augen erinnern sich, Gedanken wandern. Es waren die siebziger, achtziger Jahre. Die Zensur war gnadenlos.

Ein Buch nach zwei Jahren, manchmal fünf, endlich in geringer Auflage im Buchhandel erschienen, einem Unikat gleich – war es ganz schnell wieder vergriffen.

In Christa Wolfs „Kassandra" finde ich zwei vergilbte Blätter – Zeilen, die vor der Veröffentlichung gnadenlos gestrichen worden waren. Die Buchhändlerin – eine gute Bekannte, hatte diese Schreibmaschinenseiten heimlich weitergereicht. Kopfschütteln über die Bedeutungslosigkeit. Streichen, um des Streichens willen? Das Lesen zwischen den Zeilen.

Krampfhaft halte ich mich an der Leiter fest, hänge meine Erinnerungsfetzen über die Bücher. Indem ich mit dem Staubpinsel immer weiter vordringe, entdecke ich hinter einer Buchreihe im Dunkel des Mahagoni einen großen grauen Klemmrücken. Ich erschrecke. Beim Herausziehen wäre ich beinahe von der Leiter gestürzt. Mein Herz klopft. Gedankengänge - wie ein Glassplitter im Auge.

Vorsichtig steige ich mit meinem Fund von der Leiter, setze mich in den Sessel ans Fenster. Ich schlage den grauen Pappdeckel auf, das dünne verblichene Papier riecht muffig. Blau-violette Schriftzeichen, Schreibmaschine Marke Olympia. Einen kurzen Moment lang muss ich schmunzeln in der Erinnerung an das Vervielfältigungsgerät von damals: Ein Hektographiergerät – Matrizen, Ormigpapier, Druckfarbe – für nur wenige zuggängig. Das Gerät wurde mit der Hand bedient, mühsam Seite um Seite.

Ich lese: *Man macht eine Revolution, indem man aufbegehrt* ....

Verbotene Literatur. Ich hatte es geschafft, diese in einem Klemmrücken zu bündeln. Und indem ich darin blättere, kommen die Erinnerungen an jenen Abend – einem Montag im Oktober:

Warum hatte Ina damals diesen jungen Mann mitgebracht? Einfach so - ohne Vorankündigung.

Wir saßen, wie an jedem Abend nach den Montagsdemonstrationen, in unserem Wohnzimmer zusammen, um zu diskutieren, auszuwerten – neue Parolen mussten her und wirksame Transparente –

es gab viel zu tun in dieser Zeit. Veränderung lag in der Luft, Angst auch.

Das Telefon wurde mit einer Decke verhangen. Wir kannten uns alle gut und trafen uns regelmäßig seit vielen Jahren.

Als Ina mit Kappler ankam, waren wir plötzlich aus der vorgegeben Bahn geworfen worden. „Hannes Kappler, unser neuer Intendant am Theater", so stellte sie ihn uns vor und legte ihren Arm um ihn.

Sie hatte sich ungewöhnlich zurechtgemacht. Ein mattes Make-up, dick getuschte Wimpern und breite Lidstriche, die ihre Augen wie einen Trauerflor umrahmten. Verliebt? Wir wussten es nicht.

Wir starrten alle wie auf Kommando zu dem grauen Klemmrücken, der gefährlich aufdringlich auf dem Tisch zwischen unseren Weingläsern lag, dann wieder zu Ina und ihrem Schauspieler. Einen Fremdkörper konnten wir nicht gebrauchen. Nicht an diesem Abend. Bedrückende Stille. Sekunden? Minuten? „Hallo!" Das geräuschvolle Öffnen der Wohnungstür und das Schlüsselklappern von Monika, waren wie eine Befreiungssinfonie. Indem Monika den Schlüssel auf das Garderobentischchen fallen ließ und ihren Mantel auf den Bügel hängte, rief sie durch die geöffnete Zimmertür: „Was ich heute erlebt habe, ihr glaubt es nicht!" Schon stand sie im Türrahmen und lehnte ihren Kopf an das

Holz. Ihr kastanienbraunes, lockiges Haar war zerzaust und ihre Augen hatten einen ungewöhnlichen Glanz. Die Jeans waren von oben bis unten mit Kerzenwachs bekleckert: „Wie siehst du denn aus?" Ina deutete mit einer Handbewegung auf Monikas Jeans.

„Och", sie schaute an sich herunter „ich hatte die dicke Kerze in meinen zittrigen, kalten Händen. Aber das ist jetzt unwichtig - ganz unwichtig! Stellt euch vor, wir standen mit unseren Kerzen an der Gefängnismauer, die Hunde bellten. Ungeachtet dessen riefen wir in die schwarze Dunkelheit hinauf: Wir befreien euch, wir demonstrieren für eure Freiheit! Und, denkt euch, die Gefangenen winkten uns hinter ihren vergitterten Fenstern zu. In einem der Fenster stand eine Kerze!"

Als Monika von der Kerze erzählte, liefen ihr Tränen übers Gesicht und wir spürten, wie sich langsam ihre Anspannung löste.

Ich fixierte den grauen Klemmrücken auf dem Tisch und wünschte mir magische Kräfte, um ihn unauffällig verschwinden zu lassen.

Den Raum durchzog knisterndes Unbehagen.

Wir mussten achtsam sein und unsere Worte steuern, als wären sie mechanische Puppen, die man mit einem Schlüssel im Rücken aufzieht und abstellt. Ina merkte von allem nichts.

Als Monika sich einen Stuhl in der Küche holen wollte, lief ich ihr hinterher: „Ina hat diesen jungen Mann einfach mitgebracht. Angeblich ist es ein Schauspieler von unserem Theater. Wir müssen vorsichtig sein und irgendwie unauffällig den Klemmrücken verschwinden lassen. Hoffentlich haben die anderen das begriffen." Monika nahm sich einen Küchenstuhl und naschte im Vorbeigehen vom Kartoffelsalat: „Habe ich in meiner Euphorie etwa zu viel erzählt?"
Als wir ins Wohnzimmer zurückkehrten, hatte Ina den grauen Hefter in der Hand: „Ihr seid ja toll, wie habt ihr denn das geschafft?" Sie hielt ihn in die Höhe, über ihren Mund wehte ein Lächeln. Es herrschte atemlose zitternde Stille.
Ina las: „Flugblatt Nr. 1,... es kommt nicht darauf an, dass der Staat lebe – es kommt darauf an, dass der Mensch lebe!"
Ich schaute unauffällig aus kleinen Schlitzen zu Peter hinüber. Die Nacktheit dieses Blicktausches ließ mich aufstehen und in die Küche gehen, um Teller und den Kartoffelsalat zu holen. Monika folgte mir, nahm die Bestecke. Ihre Hände zitterten: „Das Sich –Verstecken vergiftet uns! In unserer ständigen Angst sehen wir überall und in jedem die Staatssicherheit!"
Monika hatte Recht.

Wir tranken Glühwein, der sich schnell als ein entspannendes Wohlgefühl im Körper und Kopf ausbreitete. Unsere Anspannung war nur noch eine Kräuselung der Luft.
Es war spät geworden, der Schauspieler verabschiedete sich mit einem Lächeln: „Vielleicht bis morgen?", und legte neben den grauen Klemmrücken Freikarten für Brechts Theaterstück: *Der gute Mensch von Sezuan.*

Das Theater war bis auf den letzten Platz gefüllt. Es knisterte eine ungewöhnliche Spannung in der Luft. Ich saß neben Peter, hatte das Programmheft auf dem Schoß und suchte unter den Darstellern nach seinem Namen: „Schau mal, Peter" und hielt ihm das Programm hin. „Hannes Kappler spielt die Hauptrolle".
Der Vorhang öffnete sich, ich sah die Bewegung des schmalen noch jungenhaften Körpers. Die der Hände. Ich hörte seine Stimme. Es war, als ob er die Worte entkleidete. Manchmal hatten sie sich nur ganz behutsam aus seinem Mund herausgeschlichen. Dann wieder dröhnten und polterten sie über den Bühnenboden. Ich war fasziniert.

Mit großer Hingabe spielte er den „Wang" in Brechts Stück. Sein Dialog mit den Göttern: „...oh,

schwacher Mensch. Wo Gefahr ist, denkt er, gibt es keine Tapferkeit!"
Mit einem Glas Sekt standen wir in der Pause in einer Ecke des Foyers. Unsere Nachbarn, Inge und Rolf Mayer, kamen mit ihrem Sektglas auf uns zu: „Bin mal gespannt, ob die hier auch die Künstlerresolution verlesen", sagte Rolf.
„Was für eine Resolution?"

Es klingelte.

Wir tranken unseren Sekt aus und verabschiedeten uns. Meine Frage an Peter blieb im Raum hängen. Wir begaben uns wieder an unsere Plätze und ließen uns in die roten Schalensessel fallen.

Der Vorhang ging auf: „Die Götter erscheinen Wang im Traum ..." Mein Herz flatterte.
Nach dem Epilog ein lang anhaltender, tosender Beifall.
Der Vorhang fiel. Ein Moment der Stille, der sich lang anfühlte. Dann trat Hannes Kappler noch einmal auf die Bühne. Er hielt ein Papier in der Hand:
„Wir eröffnen unseren Dialog mit der Regierung unseres Landes mit konkreten Forderungen ...", und verlas die Resolution.

Mir wurde heiß – Totenstille im Saal. „Forderungen", dachte ich, das war gewagt. Forderungen auf Transparenten in einer riesigen Menschenansammlung auf der Straße sind etwas anderes als die einer kleinen Gruppe – aus dem Mund eines einzelnen.
Das gelesene Wort lag sperrig wie Stacheldraht in seinem Mund.

Kein Beifall – bewegtes Schweigen. Bewunderung, Zustimmung. Eine Bangigkeit auch, die jeder einzelne Theaterbesucher in sich einschloss, und speicherte, mit der Ahnung, dass sie schon mittendrin waren in der befreienden Veränderung des Landes.
Peter schaute mich an: „Kappler!" Seine Stimme vibrierte leicht: „Hättest du das gedacht?"

Als wir an diesem Abend auf die regennasse dunkle Straße hinaustraten, meinten wir, mehrere Polizeiautos hinter der braunen Buchenhecke zu erkennen.
Mir schießen Tränen der Erinnerung in die Augen.
Die Luft füllt sich mit Dunkelheit. Peter wird bald erscheinen.
Ich erhebe mich von meinem Fensterplatz.
Meine Gedanken sind im Zimmer verstreut, ich muss sie zusammensammeln, denn Peter mag keine Unordnung.

Noch einmal steige ich auf die Leiter mit dem grauen Klemmrücken in der Hand, lege ihn an den alten Platz und streiche liebevoll über meine kostbaren Bücher. Dann steige ich langsam herab und begebe mich auf sicheren Boden.

## UNTERWEGS NACH TSCHECHIEN

*Bei der Debatte, welche Maßnahmen zur Lösung der Probleme am besten geeignet sind, meinen bundesweit*
*14 Prozent: Die deutschen Grenzen müssen wieder geschlossen werden, hinein kann nur, wer Deutscher ist oder ein Visum hat ...*
Fuck!
Empört und wütend tippt er auf dem Autoradio herum. Sucht nach einem anderen Kanal ...
Die Scheinwerfer graben sich durch die Nacht. Er heftet seine Augen auf die Rücklichter eines alten Opel, bis das Rot im schmutzignassen Grau einer Seitenstraße verschwindet.
Dunkelheit kriecht aus den Leitplanken. Bäume rechts und links der Straße, dämonische Gestalten.

„Hat dir Großmutter Martha auch Märchen erzählt?"
Seine Beifahrerin rutscht tief in ihren Sitz hinein:
„... von Hänsel und Gretel, Schneeweißchen und Rosenrot?"

Er ahnt, was nun folgt. Er kennt ihre Ängste. Kindheitstraumata: Angst vom Verlaufen im Wald, Angst vor der Dunkelheit …, ihre eiskalten Hände, wenn sie des Nachts auf unbeleuchteten Wegen gehen.

Seine Hand umklammert das Lenkrad. Der Asphalt ist glitschig. Er muss sich konzentrieren, die Landstraße, die er damals so oft gefahren war, ist ihm fremd geworden.
Dichter Nebel jetzt.

„Weißt du noch, wie wir die Geldscheine im Stoff der Sitzpolster versteckt hatten?"
Natürlich weiß er. So etwas vergisst man nicht.
„… lange Autoschlangen vor dem Kontrollpunkt. Als wir endlich heranrollen durften und dem Beamten die Ausweise in das Fenster reichten, angstvolles Warten, bangende Minuten. Ein Grenzpolizist winkte uns zur Seite, wir mussten aussteigen. Warum wurden gerade wir immer kontrolliert?"
Sie hat den ganzen Tag noch nicht so viel geredet, wie gerade jetzt: Vielleicht will sie ihn wach halten, vielleicht sind wirklich so viele Gedanken in ihrem Kopf, vielleicht …
„Weißt du noch?"
Plötzlich spricht sie, als hätte sie etwas im Hals, als sitze dort etwas fest, als müsse sie auf dieses Etwas lauschen, das in der Kehle klemmt:

„Weißt du noch, wie sie dich einmal mit ins Kontrollhäuschen nahmen? Es war weit nach Mitternacht. Ich blieb starr und unbeweglich im Auto sitzen, schaute zu dem schwach erleuchteten Fenster der Baracke, in der du verschwunden warst. In meinem Rücken war es mir als knisterten die Geldscheine unter dem Stoff des Sitzes.
Dunkelheit. Stille. Nur der Himmel schien zu rauschen, weil man die Bäume nicht sah. Die Minuten kamen mir wie Stunden vor."
Natürlich weiß er.
Was sie nicht weiß, dass er in die Polster der Autositze das Manuskript seines Vaters eingenäht hatte.

Seine Kindheit, Drei-Zimmer-Wohnung in einem Plattenbau. Vaters Schreibtisch stand in einer Nische im Schlafzimmer. An Wochenenden schaute er, auf einer Fußbank sitzend, dem Vater beim Schreiben zu, bewunderte die Schnelligkeit, mit der er auf der Schreibmaschine herumtippte, das Klacken, wenn der Zeilenschalter nach rechts geschoben wurde, die Walze sich drehte.
Später, Pubertät, sagten die Eltern, wurde die Fußbank in den Keller verbannt. Er hörte Zeilenschalter und Walze, wie sie sich hinter Papierbergen hervorklackten.

Mit spitzer Feder zielte der Vater auf die Eiszapfen in ihm.

In der Presse schrieb man von einer staatsfeindlichen Einstellung. Der Versuch, Vaters Manuskript über Zwischenstationen von Deutschland nach Deutschland zu befördern, war misslungen.

„Weißt du noch?"

Er versucht ihre Weißt-du-nochs zu beenden, und sagt: Vergessen. Und: Ach ja?

„Ob Großmutter Martha uns noch erkennen wird? Die Nováková hatte etwas von *nicht mehr viel Zeit* und *sterben* erzählt. Kannst du vielleicht etwas schneller fahren?"

Ihre Worte schrauben sich um eine halbe Oktave nach oben als sie weiterredet:

„Schau mal, dort muss die Stelle mit dem Schlagbaum gewesen sein, und das Kontrollhäuschen."

Sein Wagen macht einen kräftigen Ruck.

Zerrissene Nebelschwaden über einem von Grünspan befallenen Betonklotz. Die Fenster schwarze Löcher jetzt.

Er ist drauf und dran, seinen BMW auf Hochtouren zu bringen, um frontal auf den Klotz zuzurasen. Er fährt Schritttempo.

Holpert über die Schlaglöcher im Asphalt.

Er erschauert, er sieht für einen kurzen Augenblick ein Gesicht, kantig, steinig. Rabenschwarz der

Blick: Ihre Fahrzeugpapiere! Personalausweis! Er hört die befehlend, forsche Stimme.

Nun doch ein altes Zittern.

Aus dem Dunkel der Nacht dringt eine Schattengestalt. Im Scheinwerferlicht wächst der Schatten riesenhaft – groß und größer.

Vision oder Wirklichkeit?

Ein Winken mit ausgestrecktem Arm, wie ein Verkehrspolizist, der einen Verkehrssünder stoppt. Instinktiv tritt er auf die Bremse. Ein Quietschen. Ein leichtes Schleudern auf dem feuchtgrauen Straßenbelag.

Ein Kapuzenmensch steht vor ihm, auf seiner Brust klebt ein großer, weißer Totenkopf. Der Mann reißt die hintere Autotür auf, steigt ein, murmelt, mit einer, von einem Kaugummi behinderten Stimme, undeutliche Worte, die Tür knallt zu.

Wie ferngesteuert fährt er weiter. Er hätte nicht anhalten sollen! Er spürt, wie sich der Schweiß in seinen Achselhöhlen sammelt.

Ihm ist, als habe sich eine Kralle um seine Kehle gelegt und ihm die Luft abgeschnürt. Der Brustkorb ist viel zu eng. Er zwingt sich, so etwas Ähnliches zu tun wie atmen. Lauter tschechische Wortfetzen fliegen in seinen Nacken. Warum hat er ihn einsteigen lassen?

Irgendwann wird diese Gestalt ihn zwingen anzuhalten. Wie stand es immer wieder in den Zeitungen? Man wird gnadenlos ausgeraubt.
Wann? Wo? In dem Waldstück da vorn?

… vielleicht doch die Grenzen wieder schließen?

Seine Hände kleben am Lenkrad.
Weißt du noch …, seine Beifahrerin ist stumm.
Hinter ihm das Kaugeräusch.
Wann wird er das kalte Metall im Nacken zu spüren bekommen?
Mit von Angst heiserer Stimme versucht er das Schmatzen zu durchbrechen. Er stammelt wie ein Ausländer deutsche Laute nach hinten:
„Wir zu Babitschka fahren", und er hofft, dass der Kapuzenmann das Zittern in seiner Stimme überhört.
„Babitschka krank, sehr krank, sehr alt. Wir", und er weist mit einer Kopfbewegung auf seine Beifahrerin, die neben ihm bewegungslos in die Dunkelheit starrt, „wir sie noch einmal besuchen. Du verstehen?" Die Straße krümmt sich zu einer starken Linkskurve.
Stille, nur das Motorengeräusch ist zu hören.
Dann endlich: Tatrovice! Das Ortseingangsschild hängt schief, dunkle Schriftzeichen auf schmutzig

weißem Grund. Der Weg in das Dorf führt durch den Laubwald und in einer Schlangenlinie ins Tal.

Die Nacht ist schwarz.
Das Dorf schläft lange schon. Dort, wo der Asphalt in Schotter, der Schotter in Sand übergeht, legt sich eine Hand von hinten schwer und mächtig auf seine Schulter:
Er zuckt zusammen.

Die Kaugummistimme wirft geräuschvolle Laute nach vorn. „Dobry, dobry ... hier aussteigen!"
Die Autobremsen quietschen, Kies knirscht unter den Reifen. „Dekuje!", der Mann steigt aus.
Die hintere Wagentür fällt zu. Ein kurzes Klopfen an die Autoscheibe, ein Lächeln, ein Winken.
Indem der Tramper mit dem Arm hin- und herpendelt, verzerrt sich der Totenkopf in der Zugfalte des Shirt zu einem Grinsen und verschwindet im Dunkel der Nacht.
Neben ihm atmet es tief ein und aus.
„Ich", setzt sie an, wischt sich die Tränen aus den Augenwinkeln und zeigt nach vorn:
„Ich glaube in Großmutters Haus ist noch Licht."

## DIE SCHWÄRZE DER NACHT

Das Meer brüllt wie ein riesiges, angekettetes Tier. Ich starre bewegungslos in die Nacht. Dunkelheit, gerahmt von der Frontscheibe des Wagens. In der Ferne schaukeln kleine Lichtpunkte. Die türkische Küste.
Wir sitzen im Auto und warten – Naomi, eine Argentinierin, die ich gerade erst kennengelernt habe, und ich.
In bestimmten Abständen entlang der Küste erkenne ich vage vier weitere Autos, die ebenfalls warten.
Meine Beifahrerin schläft. „Weck mich, wenn es losgeht", hat Naomi gesagt. *Losgeht* …, denke ich, und fühle mich wie im Autokino an der Ostsee.

Die schwarzen Wellen, die ziehenden Wolken, der torkelnde Flug einer Fledermaus.
Das Wasser schlägt an die Felsen, klatscht in die Grotte hinein und kommt mit einem düsteren Schmatzen wieder heraus. Ein gewaltiges Pfeifen und Saugen, ein unsichtbarer Riese spuckt graue Wogen. Sie werden hochgehoben, fallen wieder in sich zusammen, ein großes zurückweichendes Loch hinterlassend.

Wie kann jemand unter diesen Bedingungen dort drüben in ein Boot steigen …

Ein Ort der Schicksale, sagt man.

Bei meiner Ankunft auf der Insel erzählte mir ein Pakistaner, dass sie mit angedrohten Schlägen auf ein Boot gezwungen worden waren. Rucksäcke und Taschen hatte man ihnen entrissen und über Bord geworfen, damit noch mehr Platz geschaffen werden konnte. Nach kurzer Zeit stellte man fest, dass in das völlig überladene Boot Wasser eindrang. Also kehrten sie um, ließen Frauen und Kinder wieder an Land und fuhren mit den verbliebenen Männern die Strecke bis zur Insel.
*The money be wasted*, sagte er.
Das Geld für die Überfahrt der Frauen und Kinder bekamen diese nicht zurück.

*All we need „Safepassagen"*, sagt Naomi. Damit keine Flüchtlinge ertrinken und kein Geld an die kriminellen Schmuggler geht. Außerdem benötigen wir geordnete Einreisekontrollen, und …, sie zeigt auf die Müllberge: Schau dir an, was hier an Umweltschädigung durch Rettungswesten und Boote entsteht. Ich sehe dunkle Erhebungen am Strand, wie

Robben, die sich vor der Sturmflut an Land geflüchtet haben.

Ich versuche, meine trüben Gedanken mit angenehmen Erinnerungen zu betäuben:
Damals ..., ich überlege, zähle die Jahre rückwärts. Beginne mit dem Daumen der linken Hand, komme auf Neun. Vor neun Jahren.
Zweitausendsieben!

Ich wohnte mit meinen Eltern in einem Vier-Sterne-Hotel, hier, auf dieser griechischen Insel. Ein Familienurlaub. Es war ein heißer Sommertag. Ein Tag zum Faulenzen. Ein Strandtag. Ich lag eingeölt auf meinem Bademantel. Ich las damals – vierzehnjährig – die ersten Liebesromane, während meine kleine Schwester im Sand spielte und es so wirkte, als gehöre ihr mit ihrer Fröhlichkeit, ihrem Lachen der ganze Strand.

Wenn der Vater das Schlauchboot aufpumpte, kreischte Kaja vor Freude. Meine Schwester konnte schon mit fünf Jahren schwimmen. Wenn das Boot auf den Wellen schaukelte, bombte sie ins Wasser und schnellte wie ein Korken wieder nach oben. Manchmal schlug sie mit den Armen um sich – ein wendiger kleiner Fisch ohne Furcht.

Ich blieb am Ufer, ließ meine Füße in den Sand einsinken und schaute zu, wie das Wasser von den Zehen zurückwich.

Als hätte der Himmel meine friedlichen Erinnerungsgedanken eingefangen, erscheint auf dem Wasser der Mond, ein funkelnder Farbtupfer...

Ich weiß nicht ob ich mich darüber freuen darf, und halte dem leicht eingebeutelten Mond eine Rede:
Man sagt, die Schlepper brauchen die Dunkelheit, um unbemerkt in die griechischen Gewässer zu gelangen.
Schlepper – was für ein Wort!
Kuppler, Zwischenhändler, Unterhändler.

Ich friere und ziehe mir einen Zipfel von Naomis Wolldecke herüber. Naomi schläft wie ein Stein, den nicht einmal das kalte Meerwasser aus der Ruhe bringen kann. Sie hat vierzehn Stunden am Stück ununterbrochen Flüchtlinge in Empfang genommen, ihnen die verschmutzten, nassen Sachen abgenommen, die Ankömmlinge mit neuen Kleidungsstücken und Schuhen versorgt. Sie hat den Wartenden in den Registrierungsschlangen Getränke und Essen gebracht. Immer Freundlichkeit und Ruhe ausstrahlend – Naomi kann nur lächeln, glaube ich, na …, und schlafen.

Das Gewicht, für das die Schlauchboote ausgegeben sind, ist niedriger als das Gesamtgewicht der Flüchtlinge, und der Preis, den diese zahlen müssen, ist so hoch, dass man damit ein ganzes Dorf hätte wieder aufbauen können, erzählt später ein Syrer, der mit einem Säugling auf dem Arm das grausige Unwetter der Nacht überlebt hatte.

Ich bin nervös.
Mein erster Tag. Die erste Nacht.

Als wir ankamen berichtete uns ein diensthabender Offizier des griechischen Heeres, er sei Koordinator des gerade eröffneten Registrierungszentrums. In den sogenannten Hotspots sind noch drei weitere Offiziere der griechischen Streitkräfte und viele Mitarbeiter der europäischen Grenzschutzagentur Frontex tätig. Hinzu kämen Mitarbeiter der Ärzte ohne Grenzen, des spanischen Roten Kreuzes, der Caritas und die vielen freiwilligen Helfer – ein bunter Haufen. Es ist das erste Mal, dass ich es mit Flüchtlingen zu tun habe und mit Mitarbeitern aus den verschiedensten Ländern, sagt er.

Und nach seiner Begrüßungsrede schickt er uns auf den Hügel zu den Zelten.

Es wird schon dämmrig.
Wir stapfen mit Taschenlampe, Decken und Schlafsäcken bepackt über unebenes Gelände. Die Flüchtlinge kommen uns schon entgegengelaufen.

Die Menschen frieren.
Die Kinder weinen.
Ich versuche mit Worten zu trösten, klopfe einem jungen Mann Mut machend auf die Schulter, halte ein weinendes Kleinkind im Arm, das seine Mutter verloren hat …
Mir wird ganz warm und inniglich vor Mitgefühl …

Mitgefühl?

Plötzlich dröhnt ein Maschinengewehr an mein Ohr. Es entfacht sich ein Feuer, Flammen stürzen auf mich zu, kommen mir gefährlich nahe.
Ich renne, stolpere über Trümmerberge.

Hubschrauber gleiten im Tiefflug über die Stadt. Ihre Raketen pfeifen durch die Luft, pusten reihenweise Häuser um.

Die gerade noch gespürte Wärme schlägt um in heiße Angst:
So fühlt sich also Gefahr an, denke ich, und … erwache.

Mein Herz rast.

Als es langsam zur Ruhe kommt, krieche ich beschämt unter meiner Daunendecke hervor.

Die Zeitung mit dem Bericht aus Aleppo liegt noch aufgeschlagen auf meinem Nachttisch, daneben mein Laptop. Ein Zwitschern kündigt mir den Eingang einer neuen Nachricht an: Sarah.
Die Berichte aus Lesbos – Sarah schreibt mir jeden Tag –, spuken in meinem Kopf herum.

Schuldgefühle, Selbstvorwürfe, Gewissensbisse?

Ich habe die Freundin allein fahrenlassen.

Ich wollte mir meine Erinnerungen an die Trauminsel von damals nicht durch Horrorgeschichten zerstören …

H

A

L

T


L

O

S ...

## AUFRECHT

Jeden Dienstag treffen sie sich am Alexanderplatz. Sie nehmen die S-Bahn Richtung Charlottenburg, steigen am Bahnhof Zoo aus.
In eine U-Bahn? *Not at all*, hat er gesagt, und sie mit Angstaugen angeschaut.
So laufen sie das letzte Stück über die Goethestraße zum Schillertheater.

Heute ist Dienstag.
Heute ist er nicht da.
Sie schaut auf ihr Handy: Keine Nachricht. Eine reichliche halbe Stunde steht sie schon an der vertrauten Stelle, dem Platz, wo ein Drehorgelspieler die Kurbel schwingt und seine Melodie über den Platz schallen lässt.
Heute ist er nicht da.
An jenem Tag, da sie Aalim kennengelernt hatte, stand sie mit einem Kunsthistoriker im Eingangsbereich des Schillertheaters.

Der Intendant des Theaters kam mit einer kleinen Gruppe zum Seiteneingang herein. Sie dachte zunächst an eine Delegation afrikanischer Gäste. Eine Führung durch die traditionsreiche historische Kulturstätte.

Als sie vom Gerüst, auf dem sie stand, um die Fresken freizulegen, einen Blick in den Bühnenraum warf, sah sie die Schwarzafrikaner auf der Bühne. Sie übten ein Theaterstück ein. Mit gekrümmtem Rücken betraten dunkle Gestalten den Bühnenboden. Pantomimisch, tonlose Schreie.

Die Kenianer hatten mit Hilfe des Intendanten eine Theatergruppe gegründet. Mit einer Performance wollten sie auf die Menschenrechtsverletzungen in ihrem Land aufmerksam machen. Kenia – das Land, das die Touristen meiden, wenn sie ihre Afrikareise planen –, die politische Situation, der politische Widerstand sollten *spielend* durch Deutschland getragen werden.

Jeden Dienstagmittag nach der Probe geht sie mit Aalim vom Schillertheater zum Bistro in der Goethestraße. Sie sitzen an dem kleinen Tisch in der Nische ganz hinten neben der Tür mit der Aufschrift: Nur für Personal.
Jeden Dienstag sitzen sie dort. Man kann wählen zwischen Hühnerfleisch und Reis oder Lammbraten mit Kartoffeln. Sie bestellen Hühnerfleisch mit Reis.
Sie isst gern Reis. Aalim sagt: Er spüre beim Essen Heimat auf der Zunge.

Sie sitzen sich gegenüber. Sie schaut in sein Gesicht. Die großen Augen – dunkle schöne Augen. Augen der Traurigkeit, der Melancholie. Im Dunkeln können sie leuchten – manchmal.

Sie mag die Art, wie seine Hand die Gabel umfasst und zum Mund führt, wie er andächtig *chicken and rice* zwischen seine Zähne schiebt.

Die Sanftheit, mit der er sie fragend anschaut, wenn er die Gabel zur Seite legt: Gehen wir noch eine Runde durch den Park? Natürlich gehen wir. Und in seinen Augen tanzen Lichter.

Im Gespräch kann sie die Schatten aufhellen, die sein Gemüt verdunkeln. Deutsche und englische Worte purzeln durcheinander ... Während er redet – von sich und seiner Familie, von Mutter und Tochter, die ermordet wurden, vom Bruder, der in Folterhaft starb –, spürt sie die dicht unter der Oberfläche liegende, blitzschnell aufflammende Bitterkeit.

Wenn sie von sich erzählt, breitet sich sein Mund zu einem Strahlen. Er scheint mit dem Herzen zu hören. Sein Gesicht, ein offenes Haus in dem jeder

willkommen ist, eine unendliche Weite – die Seele des Menschen, er trägt sie in seinen Augen.
Heute ist Dienstag. Aalim ist nicht da.
Irgendetwas ist passiert ...

Die Drehorgel legt eine Pause ein.
Eine Gruppe junger Mädchen kommen lachend, schwatzend an ihr vorbei. In flatternden Sommerfarben, hohen Absätzen – stolz und aufrecht, als laufen sie über einen unsichtbaren roten Teppich.

Sie lässt ein Eurostück in den Hut des Mannes fallen, damit er weiterspielt.
Da surrt ihr Handy. Eine fremde Nummer:
Ein Kenianischer Freund stammelt englische und deutsche Laute an ihr Ohr.
Heute ist es passiert!
Ihre Hände und Gedanken zittern.

Im Laufen wischt sie auf ihrem Smartphone herum.
Lässt sich von Polizeistation zu Polizeistation navigieren.
Stunden vergehen, bis sie Aalim gefunden hat.

Weiß gekalkte Wände, ein fensterloser Raum. Ein Ventilator kreist über ihnen:

Aalim spricht sehr langsam. Zwischen den Worten lässt er lange Pausen, in denen sich seine blutlos wirkenden Lippen bewegen, als sprächen sie stumm. Dann wiederum stoßen Wortketten an die kalten Wände, als suchen sie den Weg nach draußen:

Deine Augen wissen es schon, bevor das Bild langsam über die Nerven in die Gedanken gekrochen kommt. Dein Herz schlägt. Du denkst., du hoffst noch. Doch wie sie die S-Bahn betreten, wie sie sich dir nähern, wie sie deine Aufenthaltsgenehmigung sehen wollen, da weißt du, du bist verloren.
*Residenzpflicht*, eines der Worte, das du so nicht im Lexikon findest. Zehn Kilometer, die hättest du auch zu Fuß zurücklegen können ...
Sie machen ihren Job gut.

In eine Uniform gesteckt, werden sie zu herzlosen Wesen. Ein roter Klumpen, der unter dem Tuch tickt, wie ein mechanisches Uhrwerk. Vielleicht bekommen sie Geld, für jeden Schwarzen, der sein zugewiesenes Bundesland verlassen hat. Warum sonst suchen sie die Bahnen Tag und Nacht nach Asylbewerbern ab?

Kampf im Asyl. Aufmerksam machen auf das, was in Kenia passiert. Politischer Widerstand gegen Verfolgung und Folter.
Wissen diese Leute, was das bedeutet? Du würdest es ihnen gerne erklären, weil sie so unwissend sind. Und ihre Haut so weiß ...
Deutschland ... Ein Fünkchen Hoffnung.
Ein neues Wesen sein.
Die Tragödie hinter sich lassen. Das große Drama des Aufbruchs, des Fortgehens, der Flucht.

Wie sie auf dich zukommen ... Es ist, als hätten sie in diesem Moment eine andere Haut übergestreift, um sich nicht schmutzig zu machen.
Wie sie dich aus dem Waggon heraus auf den Bahnsteig schupsen. Wie man dich anstarrt. Da spürst du sie wieder, die alte Angst, und mit der Angst alten Schmerz.

Das alles nur, weil deine Wachsamkeit nachgelassen hat, dein Blick auf Skinheadlook fällt, du dich sicher fühlst, du in den Gesichtszügen der Uniformierten einen vermeintlichen Hauch von Angst zu erkennen glaubst –, Angst vor den Springerstiefeln.

Aalim kippt die Stimme weg, er presst die Lippen aufeinander und wartet – schluckt, holt tief Luft:

Seit deiner frühesten Kindheit hattest du dir nichts anderes gewünscht, als frei zu sein. Nicht schwarz, nicht weiß, einfach frei und du selbst.

Seltsam, in der Nacht hatte sie geträumt, sie würde in Aalims Bühnenstück mitspielen. Sie lief zwischen den nach vorn gekrümmten Kenianern hin und her und hatte die Aufgabe, diese in die Senkrechte zu bringen. Jedoch immer, wenn sie deren Rückgrat aufgerichtet hatte, kippten diese wie Stoffpuppen nach vorn, fielen schließlich gänzlich in sich zusammen.

Heute ist Dienstag, sie sitzt in dem kleinen Bistro an der Ecke, an dem Tischchen in der Nische ganz hinten neben der Tür mit der Aufschrift: Nur für Personal.
Man kann wählen zwischen Hühnerfleisch und Reis oder Lammbraten mit Kartoffeln.

Sie hat Hühnerfleisch mit Reis bestellt. Wildreis. Weißer Reis mit dunklen Körnern gemischt.
Doch heute …, heute kann sie nichts essen.
Ein leerer Stuhl starrt zu ihr herüber. In dem Wandspiegel, der Aalims schwarzen Schopf zerteilte, verdoppelt sich der Raum. Sie pickt in ihrem Essen, ein winziges Stück Hühnerfleisch und schon

dreht sich ihr alles im Magen herum. Alles verschwimmt vor den Augen.
Die wenigen braunen Körner in dem Weiß ... Wildreis, denkt sie, und hat doch das Dunkel in dem Weiß nie wahrgenommen.

## DIE BUNT schillernde HAARSPANGE

Karl war bei einem Autounfall ums Leben gekommen, erzählte sie mir. Und …, dass sie sich danach frei und unabhängig fühlte. Wie ein Bach wäre sie sich vorgekommen, wie ein sprudelnder Fluss, der über steinige Felsbrocken stürzt, und nun das Meer erreicht hat.

Diese befremdlichen Worte meiner Großtante hatte ich im Ohr, als ich sie im Pflegeheim besuchte.

*Frei und unabhängig …,* wie geht es Menschen, die in eine Nebelwelt abgetaucht sind?

Ihre Stimme war seltsam fremd geworden. Als kämen die Laute von weit her und gehörten gar nicht ihr. Sie redete von Räumen – grauschwarzen Innenräumen. Von Gesteinsbrocken

Manchmal erkannte sie mich, nannte mich beim Namen, und ihre Augen leuchteten wie Scheinwerfer in der Dunkelheit.
Dann erzählte sie bruchstückartig aus ihrem Leben. Ein schmaler Grat zwischen Fantasie und Wirklichkeit …

Wenn das Leben am Lenkrad gedreht hatte, eine neue Richtung eingeschlagen, habe sie sich an den vorbeifliegenden Zweigen festgehalten …, mal grün, mal bunt, mal kahl, mal weiß.

Ich wusste sehr wenig aus ihrem Leben.

Ihre Tagebücher und Aufzeichnungen …
Wo waren sie hingekommen? Bei der Haushaltauflösung in einen der Container?
Ich suchte fieberhaft danach.
Der Biedermeierschreibtisch fiel mir ein! Ein Erinnerungsstück an meine Kindheit. Wir hatten ihn in der Bodenkammer abgestellt, weil er nicht zu unserem Mobiliar passte. Ich rannte die Treppen hinauf, als könne ich so alle Handgriffe, die ich dem Pflegepersonal überlassen hatte, wettmachen.
Und tatsächlich, ihre Aufzeichnungen lagen in einem der Schubfächer des Schreibtisches. Sie waren mit einem weißen Schleifenband zusammengebunden.
Ich brühte mir einen Kaffee auf, setzte mich ans Wohnzimmerfenster, und begann zu lesen:

Februar 1945, wir hatten schulfrei, wohl wegen der ständig zu befürchtenden Luftangriffe. Außerdem hieß es, das Heizmaterial wäre knapp geworden.

Ich erinnere mich an den Luftschutzkeller. Meine Mutter lehnte neben mir an der feuchtkalten Wand, in der Luft lag zitternde Angst.

Dann, an einem der Tage ... ein Krach, ein mächtiger Knall ... Stille. Ein erneutes Beben, ... ein Krach, ein Knall ... Stille.

Die Erinnerung, wie ich mit staubblinden Augen, mit blutenden Händen mich aus dem Schutt herausgekratzt hatte, wie ich auf der Straße stand, die keine Straße mehr war, sondern ein schauriges Gebirge aus Trümmern und Asche. Rundherum Krater, Bombentrichter. Menschliche Überreste. Eine Stille in die sich Schreie einlagerten, ein Stöhnen, ein Ächzen.

Mit Brandblasen an den Füßen – das Kunstleder der Schuhe hatte sich aufgelöst –, suchte ich nach meiner Mutter.

Ich schaufelte in den Gesteinsbrocken. Ich weiß nicht, ob ich weinte, ob ich schrie. Plötzlich ein Gesicht über mir. Rußgeschwärzt.

Ein Gesicht, das nicht meiner Mutter gehörte ...

Ich fand mich in einem fremden Bett, einer fremden Umgebung wieder. Wie ich dort hingekommen war, wusste ich nicht.

Marie, die Frau, die sich im Trümmerfeld meiner angenommen hatte, brachte mir ein Glas Wasser, ein Stück Brot, stellte beides auf dem kleinen runden Tisch ab, gestikulierte mit beiden Händen, bewegte ein wenig die Lippen und verschwand hinter einer schweren Eichentür. Anfangs dachte ich, die Unbekannte wäre taubstumm. Als ich mühsam das Brot in mich hineingestopft hatte, mit den Augen den Raum abtastete, kam Marie erneut herein, strich über meine Wolldecke und legte etwas bunt Schillerndes darauf. Ich erkannte Mutters Haarspange, berührte sie vorsichtig, wollte fragen, sah Maries traurige Augen, und fragte nicht. Ich spürte in meinem Brustkorb ein Knirschen, als ob etwas zerbricht, und wünschte mir ein steinernes Herz.

Hartmanns Villa, in der ich aus meinem Schockzustand erwachte, war das einzige Haus gewesen, das im ganzen Umkreis unzerstört geblieben war. Menschen, zusammengewürfelt auf engstem Raum – Flüchtlinge, Ausgebombte, hatten hier Unterschlupf gefunden.
Marie ließ mir keine Zeit zu Grübeleien. Sie nahm meine Hand und schob mich in die Küche. Essenausgabe, Geschirrspülen, es gab viel zu tun. Ich lernte kochen: Fitzfädelsuppe, Rübenbrei, die ganze Palette der Nachkriegsgerichte.

*Hunger* war das erste Wort, das ich aus Maries Mund vernahm, als ihr Ehemann Otto plötzlich an der Gartentür stand. Zerlumpt, abgemagert, mit tief in den Höhlen liegenden Augen. Er sah in die Runde, die Gartenpforte quietschte, und seine Frau lag in seinen Armen.

*Hunger?* Er hielt sich an Marie fest, als könne er so dieses Wort aus der Welt schaffen. Minuten einer Ewigkeit vergingen, dann entließ er sie, straffte sich und hielt eine Rede, als hätte er all seine Gedanken in der Gefangenschaft auswendig gelernt.
Er sah in die ausgemergelten Gesichter, gestikulierte mit den Händen, schaute fragend: Die Neandertaler, die ersten Menschen, was taten sie, um zu leben? Sie betrieben Ackerbau und Viehzucht …, sie wohnten Hütte an Hütte, Höhle an Höhle – manchmal auch gemeinsam darin. Ich habe überlebt, ihr habt überlebt. Ich habe an einem Viehwaggon hängend die Fahrt aus der Gefangenschaft bis hierher durchgestanden.
Otto sprach von Robustheit und Funktion des Immunsystems, Anpassungsfähigkeit an Klima, Nahrungsressourcen und Krankheitserreger …
Alle starrten den Heimkehrer an, als würden sie mit den Augen hören, was er zu sagen hatte.

Ich dachte an meinen Geschichtslehrer, wie er mit dem Zeigestock auf einer Bildtafel herumtippte und das Skelett eines menschenähnlichen Wesens erklärte.

Unser Neandertal, sagte Otto, und duldete keinen Widerspruch – wie auch, man hatte kaum noch etwas zu Essen …, unser neues Zuhause wird die Uckermark, ein flaches morastiges Land entlang der Oder – ein fruchtbares Ackerland. Es klang, als habe er das Land schon vermessen und in Höhlengebilde aufgeteilt.

Marie weinte ein bisschen, sie glaubte wohl, man habe ihrem Otto das Gehirn zerstört. Ein, zwei Tage, dann begriff sie seine Überlebensstrategie.

Otto besaß einen alten Lastwagen mit Holzgasantrieb. Diesen machte er fahrtüchtig und kutschierte damit Umsiedlungswillige zum Bahnhof.

Die Oderniederung – feuchte Wiesen, kein Baum, kein Strauch –, wurde urbar gemacht. Jede Familie erhielt knapp zehn Hektar Land.
Ziegen, Kühe, Hühner wurden verteilt.
Woher Otto diese Tiere bekam? Man fragte nicht …

In dieser Zeit wurde überhaupt nicht viel gefragt.

Ich musste lernen, wie man eine Mistgabel hält, einen beladenen Schubkarren lenkt, Kühe melkt.

Ein Sägewerk wurde eingerichtet, Holz kam mit dem Schiff über die Oder. Man schleppte die Bretter heran – erste Behausungen entstanden. Über allem wachte Ottos Organisationstalent und sein Überlebenswille.

Marie und Otto hatten mich bei sich aufgenommen. Ich bekam ein kleines Zimmer neben der Küche.

In dem Holzhaus pfiff der Wind durch die Ritzen, Dachpappe gab es nicht, man half sich mit Verdunklungspapier.

In den Gemeinschaftstoiletten hing vor den Balken eine Decke als Sichtschutz.

Während Marie ihre Stummheit langsam verlor, nahm meine zu. Ich lag auf der nassgeweinten Bettdecke wie auf einer Insel. Mit angezogenen Knien, die Arme darum geschlungen, brachen all die ungeweinten Tränen aus mir heraus. Ich war krank vor Sehnsucht nach meiner Mutter, spürte einen Abgrund in mir, als wäre die ganze Welt nur noch eine riesige, menschenleere Hütte. Um mich zu trösten, schloss ich die Augen, griff nach der bunten Haarspange …, spürte Mutters warme Hand.

An jenem Abend des Sommers siebenundvierzig, es war ein heißer Tag gewesen – man schwitzte in den Stallungen zwischen Misthaufen und brüllenden Kühen –, stand plötzlich ein junger Mann im Torbogen. Marie ließ den Melkschemel fallen, stolperte über den Eimer auf den Jungen zu, rief seinen Namen ... Er hatte das dunkel lockige Haar seiner Mutter, die Augen seines Vaters. Ein Gesicht, das beim Sprechen wirkte, als wäre es aus zwei verschiedenen Hälften zusammengesetzt.
Ich habe später oft versucht, in seinem Gesicht die sanfte Hälfte des Vaters zu finden.
Karl! Maries Gesicht, ein unscharfer heller Fleck vor dem Hintergrund. Ihre zitternde Stimme hallte in den Stallungen wider.
Sohn Karl war neunzehnhundertsechsundvierzig bei den Großeltern geblieben. Und – kaum achtzehn – soll er seinen Vater spöttisch angeschaut haben, mit dem Zeigefinger an die Stirn getippt: *Neandertaler?* Dann habe er laut gelacht ...

Ich stand ans Holz gelehnt und schaute wie auf ein Bühnenstück: Otto kam aus dem Schuppen neben dem Hühnerstall, blieb einen Moment wie angewurzelt stehen. Die Nasenwurzel über dem harten Blick glättete sich. Der energische, unerschütterliche, oft überreizte Mann, ging auf seinen Sohn zu, strich ihm mit seiner groben Hand über die Wange.

Eine kurze Gefühlsregung, die Otto, wie ich annahm, sofort bereute.
Karl verkündete, dass er nur gekommen war, um sich für immer von den Eltern zu verabschieden. *Amerika ...*, und er hob lachend beide Arme als wäre er schon im Paradies. Marie straffte sich, bewegte sich auf Karl zu, wie eine Löwin, die um ihr Junges kämpft: Was willst du in Amerika, mein Junge, sie berührte seine Schulter.
Ein kurzer Blickaustausch genügte wohl, um zu bedeuten, dass sich das Dunstbild Amerika längst in Karl festgesetzt hatte. Marie wischte sich mit der Schürze die Tränen.
Dann sah Karl plötzlich zu mir, und in seinem Blick hatte sich etwas entzündet. Dieser Blick fiel in meinen, ich spürte ein Glühen. Seine Augen wanderten über meinen Körper. Ein Kribbeln in meinen Gliedern bis in die Fußspitzen, die in verdreckten Gummistiefeln steckten.
*Na, junges Fräulein, wie wäre es mit Amerika?* Seine Stimme drang an mein Ohr, wie aus einem Zimmer, dessen Eingang ich nicht fand.

Am Abend lag ich müde und erschöpft in meiner Kammer, strich über meinen nackten Körper, das Flattern noch in mir. Ich zählte die Holzbretter an der Decke. Von der Küche her drangen schroffe Töne an mein Ohr. Ottos Stimme wie eine bittere Flüssigkeit, dessen Bodensatz aufgewühlt nach oben schwappte.
Eins, zwei, drei ..., durch die Ritzen der Bretter schien Mondlicht herein.

Amerika? Diese Gedanken kann dir nur dein Großvater ins Gehirn gesetzt haben, dröhnte es. Ich hörte Marie schluchzen. Die Tür knarrte, dann wurde sie krachend ins Schloss geworfen. Die Wände erzitterten.
Am nächsten Tag hatte ich meine wenigen Sachen gepackt und war mit Karl zur Bahnstation gepilgert.
Ein Reiz? Eine Lockung? Ein Begehren? Die Jugend, so weiß ich heute, ist eine Zeit in der man vorgefertigte Bilder liebt und noch lange nicht den Menschen.
Gerade erst achtzehn war mir, als hätte ich schon zwei Leben gelebt. Mein erstes endete, als ich auf dem Trümmerfeld nach meiner Mutter suchte, mein zweites Leben in dem Moment, als ich nach langem Fußmarsch neben Maries Sohn auf einem Bahnhof stand, um nach Amerika zu fahren.

Als hätte ich in der Hand einen Faden, der an mir zog, dem ich willenlos hinterherlief.
Träume können so gefährlich sein, sie glimmen wie ein Feuer, und manchmal verschlingen sie einen mit Haut und Haar.

Wir sind nie über Köln hinausgekommen ...

Es ist schwierig, die einzelnen Bahnen des Vorhanges genau zu schließen. Eine Weile noch hatte ich dem Staub zugeschaut, der durch die Lichtstreifen zuckte, dann war ich eingeschlafen und träumte vom Mondlicht, das durch Holzbretter in Streifen auf meine Bettdecke fällt.

Mutters Haarspange kühlte meine Wange, ich spürte ihre Hand in der meinen.
Die Hand des Priesters lag – das Jawort gesprochen schwer auf meinem Haar. Niederkniend vor dem Altar des Kölner Domes, hatte ich das Hochzeitsfoto meiner Eltern vor Augen: Ein glücklich strahlendes Paar.
Als ich mich von den Altarstufen erhoben hatte, wurde mir schwindlig. Das Bild meiner Eltern zerfiel in Stücke, mein Herz sackte nach unten, wie ein Stein in einen Teich, der das Wasser mit Schockwellen kräuselt. Die geplante Feier wurde abgesagt,

weil man mir im Krankenhaus die Blutung stillen musste und der Embryo in einem Mülleimer landete.

Am Abend meines Hochzeitstages aus der Narkose erwacht, fühlte ich einen dumpfen Schmerz in meinem Kopf, den ich dadurch verändern konnte, indem ich mich ins Kopfkissen vergrub. Ich hatte Durst, aber um zu trinken, hätte ich aus meiner Lethargie erwachen, die Augen öffnen und mich der Wirklichkeit stellen müssen:

Eine Woche vor unserem Hochzeitstermin, ich hatte den Einkaufskorb im Korridor abgestellt, hörte ich durch die halbgeöffnete Tür zum Schlafzimmer Stimmen, Laute. Heftige, leidenschaftliche Atemstöße. Ein Blick durch den Türspalt ließ mich erstarren. Ich stürzte aus der Wohnung. Das Bild der nackten, ineinanderverschlungenen Körper vor Augen, schaffte ich es gerade noch bis zum Rheinufer. Den Atem oben in der Brust angehalten. Gewaltvoll ausgepustet, wie ein Ballon, der kurz vorm Abstürzen ist. Mein Kopf fiel ins Gras, über mir ein wolkenloser Himmel. In mir eine Leere, wie eine Welle aus Heimweh. Ich konnte die Einsamkeit in der Kehle spüren. Ich vermisste etwas so sehr, dass ich die Knie umschlingen, an die Brust drücken und mich darauf konzentrieren musste, einzuatmen und auszuatmen, während ich mich vor und zurück wiegte. Ich wusste nicht, wonach ich schreien sollte. Mein Unglück verlangte nach einem Namen.

Die Trauung, der Priester, die Hochzeitsfeier, die Gäste ... alles war bestellt, akribisch von Karl geplant. Was sollte ich tun?
Ich erhob mich, schwankte in den Knien, wie jemand, der auf einem Stein inmitten des Flusses steht, mit gebeugtem Oberkörper, die Arme in der Luft, ängstlich schwankend, vor der Gefahr, ins Wasser zu fallen.
In den Rhein springen ist keine Lösung ...

So war ich zurückgelaufen. Als ich vor der Haustür stand, meine Hand auf den Bauch hinabgleiten ließ, spürte ich eine erste Kindsbewegung.

Karl hatte mit alldem kein Problem. Das Jawort gesprochen, den Segen erhalten, Schwangerschaft und Fehlgeburt als Erkrankung getarnt, ging er zur Tagesordnung über. Er fügte seinen Bewerbungsunterlagen die Heiratsurkunde hinzu, und begab sich auf Suche nach einem Job. Sein Zukunftsbild: Konzerne, Marken, Banken – es gab einen giftig glitzernden und einen armselig, brutalen Teil in dieser neuen Welt, das hatte er schnell erkannt. Er war eifrig bestrebt, ersterem anzugehören.

Meine Ehe: Kein Austausch, keine Sprache, die ein erträumtes Leben hätte nähren können.
Karl arbeitete bald in dem Weltkonzern, der so viel Geld hatte, dass er alle nennenswerten Agenturen in den Schatten stellte, und niemand echte Kriegskampagnen gegen ihn führen konnte.

Mein Haus, mein Auto, mein Boot.
Meine Frau, hatte er nur gesagt, wenn er mit mir auf wichtige Empfänge und bedeutungsvolle Bankette ging. Anschauen, wegschauen, lächeln, hinschauen. Das verlässliche Spiel, an der Seite des Mannes, der mich von einem zum anderen führte.

Das Haus, in das Karl mit mir einzog, glich der Villa, die seine Eltern bis Kriegsende bewohnt hatten – seinem Geburtshaus. Jedoch glaubte ich kaum, dass er es nach diesen Kriterien ausgesucht hatte.

Eine knappe Woche war vergangen, in der wir im neuen Haus wohnten, da wartete ich am Abend vergeblich auf Karl. Um Mitternacht lief ich nach draußen. Dunkelheit. Stille. Als ich über einen Stein stolperte und fiel, fing ich wie ein Kind an zu weinen. Auf Händen und Knien kroch ich zurück ins Haus, legte mich zusammengekrümmt auf das neue Ledersofa. Das Weinen verwandelte sich in Würgen. Das Würgen kehrte in großen Wellen durch mich hindurch. Nach jedem Anfall versuchte ich ruhig zu atmen und mich zu entspannen.

Als Karl am Morgen im Hausflur stand, den Schlüssel auf die Ablage warf, unter die Dusche ging, sich rasierte, sich frisch gekleidet an den Frühstückstisch setzte, war ich erschöpft, jedoch ruhig und gefasst:
Ich werde mir eine Arbeit suchen.
Arbeiten? Wo? Wie? Du? Er klopfte auf seinem Frühstücksei herum: Für eine Bewerbung benötigst du die Einwilligung des Ehemannes, und die werde ich dir niemals geben.
Als er die Tageszeitung nahm, schien für ihn das Thema entschwunden. Ich saß wie erstarrt, während er seiner Angewohnheit nachkam, aus der Zeitung vorzulesen, ohne sich darum zu kümmern, ob ich überhaupt zuhörte.

Kindheitserinnerungen: Ein ängstliches Quieken im Garten unter dem Laub.

Ein Igel hatte sich in Vaters Vogelschutznetz verfangen. Durch sein ängstliches Zappeln zogen sich die Fäden immer dichter um den kleinen Körper. Ich hatte den Vater gerufen: Keine Angst, du musst stillhalten, du dummer kleiner Igel. Der Vater entfernte vorsichtig das Netzgeflecht, und der Igel war wieder frei.
Stillhalten, um befreit zu werden? Ich war kein Igel, und der Vater lag in irgendeinem Massengrab bei Stalingrad.

Ein lichtloser Gemütszustand wucherte wie ein unterirdisches Gewächs. Stundenlang saß ich im Ledersessel am Fenster, oder ging im Zimmer auf und ab, nur damit beschäftigt, mein Gehirn über die Barriere der Zeit Gedanken formen zu lassen.

Die Mietshäuser gegenüber dem Villenviertel wurden abgerissen. Karl sagte: Gut so, endlich freie Sicht auf den Park … Mein ganzer Körper zitterte, als die Wände zum Einstürzen gebracht wurden. Graue Mauern mit Fensterlöchern, ein Knochengerüst.
Das alte Trauma brach in mir auf:
Eine Feuerwand, brennende Menschen, Schreie, Trümmerberge. Haare aus Rauchfetzen, Atem aus Brandgeruch, Verwilderung, Glassplitter, Tod.

Manchmal ging ich ins Kino, setzte mich in eine der letzten Reihen. Dort konnte ich unbemerkt in den Schalensessel rutschen, alles überschauen. Bereits beim halbstündigen Werbeprogramm, tauchte ich in meine Erinnerungswelt ein.

Hab keine Angst, sagte ich mir, in diesem dunklen, schwach beleuchteten Raum bist du sicher, du wirst es auf eine andere Seite schaffen.

Auf dem Titelblatt der Kölner Tageszeitung suchte man nach einem kleinen Mädchen, das entführt worden war.
Ich stellte mir vor, dass seine Entführer es irgendwo im Park ausgesetzt haben. Ein kleines Mädchen mit langen dünnen Zöpfen. Und natürlich trägt es nicht mehr das frische bunte Kleidchen wie auf dem Zeitungsbild, es ist verwahrlost und schmutzig. Es ist auch nicht zu erwarten, dass das Mädchen, nach seinem Namen gefragt, Auskunft gibt. Es steht verschüchtert, verstört, ängstlich am Gartenzaun. Ich ziehe es zu mir heran, die Treppen hinauf, in den Flur. Ich schließe so schnell wie möglich die Tür. Es wird niemand gesehen haben, so hoffe ich, wen ich da ins Haus genommen habe. Ich stelle keine Fragen. Ich streiche dem Kind sanft über das Haar, stelle ihm ein Glas Milch hin, ein

Stück vom Schokoladenkuchen ..., das Gästezimmer könnte Kinderzimmer werden ...
Am nächsten Tag las ich eine kleine Notiz im Inneren der Zeitung: Das vermisste Mädchen sei von zu Hause weggelaufen, man habe es im Park gefunden. Schlafend. Weiße Kniestrümpfe in roten Lackschuhchen hätten unter einem Laubhaufen hervorgeschaut.

Ich hatte einen Tränenkloß im Hals ...

Eines Tages geriet mein eintöniger Alltagsablauf vollkommen durcheinander. In dem leerstehenden Pavillon am Park – auf dem Verbindungsweg zwischen Krämerladen und Hartmannscher Villa –, hatte man einen Zeitungskiosk eröffnet.

An jenem Tag war ich eine der ersten Besucher des Ladens. Schaute, blätterte. Eine Wand aus Wörtern, die mich plötzlich umgab, mich schützte, beflügelte, so lange ich las.
Als ich die Zeitschrift „*Frau und Frieden*" in den Händen hielt, kam der Ladenbesitzer auf mich zu – er war ungefähr Mitte vierzig. Klein, graue Augen hinter einer ovalen Brille mit Goldeinfassung. Er schaute zu mir und auf das Blatt: Na, gnädige Frau, das ist doch wohl nichts für Sie. Ich hätte da etwas

Besseres, und hielt mir: „*Behaglichkeit im Eigenheim*" unter die Nase.

Nein, danke! Ich nehme „*Frau und Frieden*", legte das Geld auf den Ladentisch und verließ leichtfüßig den Kiosk.

Wie wenn sich nach langem Herumirren im Wald, vor mir eine Lichtung ausbreitet, war da plötzlich ein Ziel.

Meine Wegstrecke vom Einkauf nach Hause wurde täglich länger.

Der Kioskinhaber hatte schnell analysiert, wofür ich mich interessierte. Wenn sich die Tür mit einem Glockenton öffnete, war es mir, als würde ein starker Windstoß das dünne Männlein hinter dem Ladentisch umstoßen: Guten Tag, Frau Hartmann, und er war eifrig bemüht, mir etwas Gutes zu tun. Er lief dann kleinschrittig durch seine wenigen Quadratmeter Ladenfläche, seine dunklen halblangen Haare, die über der Stirn nach hinten gekämmt waren, fielen ihm ständig in die Augen, so dass er sie jedes Mal mit einer unwillkürlichen Handbewegung zurückstreichen musste. Gnädige Frau, sagte er, nahm ein ganzes Bündel Zeitungen, das er für mich zurückgelegt hatte: Das könnte Sie interessieren …

Es war, als hätte sich ein Archiv in mir geöffnet, das lange geschlossen gewesen war.

Ich erinnerte mich an meine Mutter, die ein hohes Ansehen im Parlamentarischen Rat genoss. Achtjährig hatte Mutter mich manchmal zu einer der Versammlungen mitgenommen. Ich saß dann, mit meinen Bilderbüchern auf dem Schoß, in der letzten Reihe des Saales. Die Erinnerung tauchte klar und deutlich in mir auf: Mutter zwischen dunklen Männeranzügen an einem Tisch im Präsidium. Mutter am Rednerpult ...

Und auf dem Heimweg hatte ich sie gefragt: Bist du jetzt Politiker?

Inspiriert durch die Zeitschrift „*Frau und Frieden*", trat ich dem Demokratischen Frauenbund Deutschlands bei, besuchte regelmäßig Zusammenkünfte und Mitgliederversammlungen.

Ich kam mit bedeutenden Frauen in Verbindung.

Worte begannen in mir zu schwingen, zu leben, zu fließen.

Ich fing an zu schreiben, schickte einen Beitrag an eine Zeitung zum Thema: *Die Frau und ihre wirtschaftliche Eigenständigkeit durch Berufstätigkeit.*

Auf Antwort vom Verlag wartend, machte sich eine Euphorie in mir breit. Ein Rausch. Wie bei einem Spiel, wenn man auf eine Zahl setzt, das Schicksal als etwas spürt, das man in der Hand halten kann, wie einen kleinen, greifbaren Gegenstand.

Mein erster Artikel in der „*Frau und Frieden*" wurde gedruckt. An jenem Tag stand der Inhaber des Zeitungsladens bereits am Eingang und winkte mit der Zeitschrift: Gnädige Frau, jetzt werden Sie berühmt. Seine Augen schossen hinter den Brillengläsern hin und her, wie Fische im Aquarium.

Meine kämpferischen Sätze galten der Einheit und dem Wiederaufbau eines demokratischen Deutschlands sowie der Gleichberechtigung der Frau.

*Die Frau im Verhältnis zum Mann – ein Gesellschaftsentwurf;* ... ich schrieb mich frei.

Karl war inzwischen zum Controller seines Konzerns aufgestiegen und reiste über die Kontinente der Welt.
In sein Leben gehörten Frauen – Frauen wie Kalender. Wenn er einige Tage im Monat in seiner Villa weilte, behandelte er mich wie eine Puppe, die man absetzen konnte, an den Ort, den er für geeignet hielt.

Außerdem war er so irrsinnig ordentlich. Manchmal hörte ich seinen dröhnenden Bass aus dem Badezimmer. Ich zuckte zusammen.

Was hatte ich liegen lassen? War die Zahnpastatube nicht zugedreht, im Waschbecken Spuren von meinen Haaren?

Er fand es unerträglich, wenn meine Sachen herumlagen.

Gib mir wenigstens die Chance, für ein bisschen Chaos zu sorgen, argwöhnte ich, man muss Spuren hinterlassen, weil man sonst nicht existiert.

Wollte er die Veränderung nicht wahrhaben? Registrierte er mich überhaupt?

Ich wehte leichten Schrittes, in schreienden Farben durch die Räume, ließ im Wohnzimmer meinen Blazer fallen, zog die Schuhe aus – verstreute einen nach dem anderen auf dem Teppichboden.

Im Arbeitszimmer stand noch vom Vorabend der halbgeleerte Kaffeebecher neben der Schreibmaschine. Notizblöcke lagen herum.

Sollte er doch sehen, dass ich keine Frau bin, die sich stundenlang mit Häkeldeckchen beschäftigt.

Es blieb nicht bei kurzen Artikeln oder Kolumnen. Ich schrieb lange Essays und Abhandlungen über Glück und Unglück.

Ich entwickelte mich zur distanzierten Beobachterin, und je weiter ich in meinem Schreiben voranschritt, umso subtiler drang ich ein in das Beziehungsgeflecht der Geschlechter. Geflochten aus

Liebe und Neid, Scham und Gier, Unschuld und Herrschsucht.

Mit dem Frauenbund fuhr ich zum Friedenskongress nach München, der, weil verboten, als Frauen-Kaffeeklatsch getarnt wurde.

Ich protokollierte, hörte, was noch unausgesprochen blieb. Diskutiertes drohte sich im Stimmengewirr zu verlieren. Manch einer der Frauen sprach scharf, wie wenn sich eine Kreissäge ins Holz frisst. Es war, als ob von allen Richtungen Wörter auf mich zukamen, die es galt, zu Papier zu bringen.

Während Karl berufliches und sexuelles Renommee sammelte, fand ich mich an einem Platz wieder, den ich Tag für Tag mehr mit Leben füllen konnte.

Doch es wurde nicht gut. Karls siegessicheres Lächeln bekam einen Sprung, wie eine Gipsmaske, als er plötzlich in der *Frankfurter Allgemeinen Zeitung* einen Artikel von mir las.

Hier endeten die Aufzeichnungen meiner Großtante …

Karl war bei einem Autounfall ums Leben gekommen, erzählte sie mir. Und …, dass sie sich danach frei und unabhängig fühlte. Wie ein Bach wäre sie sich vorgekommen, wie ein sprudelnder Fluss, der

über steinige Felsbrocken stürzt, und nun das Meer erreicht hat.
Eine gute Zeit, sagte sie.

Jetzt verstand ich …

Beim folgenden Besuch im Pflegeheim schaut sie mich verschmitzt lächelnd an, legt den rechten Zeigefinger geheimnisvoll auf ihre Lippen, schwankt zum Kleiderschrank, holt eine Flasche daraus hervor: Mach mal auf. Sie hält mir einen Korkenzieher und die Weinflasche entgegen.
Ich hole zwei Gläser aus ihrer Vitrine …, dann sitzen wir uns gegenüber. Sie nimmt einen Mundvoll Weißwein, lässt ihn von einer aufgeblähten Backe in die andere schwappen, schluckt, zuckt, als habe sie Halsschmerzen: Weißt du, ich will nicht mehr leben, immer so im Dämmerlicht, mit abgeschalteten grauen Zellen, Dämonen des Siechtums im Raum.

Scheu reibt sie ihre Wange an der Schulter, holt eine bunt schillernde Haarspange aus ihrem Nachttisch, drückt sie mir in die Hand, zieht meinen Kopf zu sich heran und flüstert mir ins Ohr: Heb sie gut auf.

Indem sie mit schleichenden Fingern ihre Haare rauft, beginnt sie von Mauern zu reden, die sie erdrücken, von Türen, die sie allein nicht öffnen könne. Sie trinkt ihren Wein in einem Zug aus ..., taucht ein in eine Welt, in die ich ihr nicht folgen kann.

## DIE KINDERSCHUHE

Darf ich dich ins Kino einladen?
Krzysztof sprach ein gutes Deutsch. Sie hatte mit Zettel und Kugelschreiber an der Pinnwand gelehnt, um die Wohnungsangebote für Studenten abzuschreiben. Er hatte gelacht, als ihr Kugelschreiber plötzlich streikte, weil sie an der Wand schreibend, ihn zu schräg gehalten hatte. Als er dann ging, sah sie ihm nach. An der Treppe kehrte er noch einmal um, kam geradewegs auf sie zu. Sie wendete sich schnell ab, und bückte sich zu ihrer Laptoptasche, die zwischen den Knien klemmte. Da stellte er die Frage mit dem Kino.
Sie erinnerte sich, dass sie nervös, wie eine Achtzehnjährige beim Abiturball, vor dem Kino stand und alle paar Minuten auf ihre Uhr geschaut hatte. Sie hatte sich vorgestellt, wie sie mit Krzysztof im Dunkeln sitzt, sich von ihm küssen lässt, sie würden beide den Handlungsfaden des Films verpassen, sie würde an seiner Schulter lehnen ...

Jedoch er kam, als der Film schon lief.

Sie saßen in der dritten Reihe und schauten starr auf die Leinwand, als würde ihnen von dort die Zukunft vorausgesagt. Später, in der Studenten-

kneipe „Zum Paulaner" sah sie seine Augen in metallischem Blau leuchten, die Kerze auf dem Tisch flackerte.
Krzysztofs Finger spielten mit dem Stiel des Weinglases.

Er erzählte von seiner Familie. Von seinem Bruder, der zur Spargelernte und auf dem Gurkenflieger in Deutschland arbeite.
Sie sagte nichts. Sie hörte ihm einfach zu.
Sie trank, und spürte im Körper ein leichtes, wolkiges Flirren als sich seine Hand über die Tischplatte tastete.

Krzysztof hatte den Master an der Universität abgeschlossen und eine Architektenstelle in seiner Heimatstadt Krakow bekommen. Um in Krzysztofs Nähe zu sein, hatte sie sich für die Stelle in Oswiecim eingetragen – eine neu eingerichtete Konservierungsabteilung warb in einer Fachzeitung um Praktikanten.

Vierzehn Tage hatte sie noch frei, richtete die erste gemeinsame Wohnung ein: Sessel, Tisch, Kommode, versuchte durch die Anordnung der Möbelstücke, dem Raum die Beengtheit zu nehmen. Sie näh-

te Vorhänge für die Fenster, kaufte Vasen, bestückte sie mit frischen Blumen.
Herzklopfen am Abend: Das Klicken im Schloss der Wohnungstür, die vertrauten Schritte, vertrautes Räuspern.
Er stand vor ihr, hielt in jeder Hand einen Blumenstrauß, lächelte: Ich konnte mich nicht entscheiden.

Vor dem Einschlafen lag ihr Kopf zwischen Krzysztofs Ellenbogen. Kerzen flackerten und Blumenschatten tanzten an den Wänden. Auf seine Brust gebettet, las er ihr vor – Erzählungen, polnische Prosa, die er beim Lesen geschickt ins Deutsche übersetzen konnte.
Manchmal versuchte sie das Polnische zu lesen. Sie stolperte über Silben, als seien es Treppenstufen. Zungenbrecher, sagte Krzystof, und stolperte ebenfalls: ...tschi und dsche. Sie lachten und ließen die Buchstaben durch die Luft wirbeln.
Wenn es von der Kirchturmuhr zehn schlug, legte er das Buch zur Seite, ging zum Fenster, um es zu schließen, kroch unter ihre Bettdecke, so dass sein Kopf nun auf ihrer Brust ruhte.

In der Umhängetasche den Baedeker über Kraków, in der Hand den Stadtplan, so lief sie durch die Straßen.

Sie trug ihr rotes, knielanges Kleid, das hellbraune Haar weit nach oben am Kopf zu einem Pferdeschwanz zusammengebunden. Touristen allerorts. Ein Sprachgewirr, das wie ein buntes Netz über der Stadt lag.
Sie besuchte das Czartoryski-Museum, saß lange Zeit vor Leonardo da Vincis *Dame mit dem Hermelin*. In der Marienkirche stand sie verehrend, beeindruckt im Chorraum vor dem spätgotischen Hochaltar des Bildhauers Veit Stoß.

Sie lief durch die Stadt bis ihr die Füße wehtaten. Sie saß am Weichselufer, schaute auf den Wawel, mit den Türmen von Schloss und Kathedrale, sie streifte ihre Sandalen ab, rieb die Zehen gegeneinander und bemerkte, dass der Nagellack abblätterte und einen frischen Anstrich brauchte.

Es gab Momente, da spürte sie, dass der nächste das Leben auf immer verändern wird ...

Das rote Ziegelhaus. Die dichte Metalltür, die sich am Morgen mit lautem Knallen hinter ihr schloss, das war so ein Moment.
In aller Frühe brachte der Bus sie nach Oswiecim.

Es hatte die ganze Nacht geregnet. Auf den Lichtleitungen saßen Schwalben, wie schwarze Noten in einer Partitur.
Von der Bushaltestelle führte der Weg vorbei an zubetonierten Gleisen und verwilderten Schrebergärten. Einem Zwinger, in dem ein Schäferhund bellte.

Du musst den Wattetupfer anfeuchten. Das Leder absorbiert Fett besser, wenn es feucht ist, erklärte ihr der Restaurator.
Ein Raum. Steril und kalt, wie in einem Krankenhaus. Halogenlampen, weiße Keramikfliesen an der Wand. Mikroskope. Geruch von Chemikalien in der Luft. Ein riesiger Tisch, bedeckt mit einem Vlies. Ein weißer Kittel, Gummihandschuhe, ein kleiner Pinsel. Ein Kinderschuh in ihrer Hand, von dem sie vorsichtig mit einem Wattetupfer den Staub der Jahre entfernen musste.
Sie hätte in Kraków eine Stelle finden können:
Polnischer Denkmalschutz, Kloster Mogila, zum Beispiel.
Sie hätte wissen müssen, was sie erwartet.
... sie hatte es gewusst.

Sie saß in Fensternähe, mit dem Wattetupfer in der Hand, schaute auf einen rostigen Stacheldrahtzaun, ein verwittertes Warnschild: Vorsicht! Elektrozaun! Hinter blühenden Holunderbüschen war vage das Tor zu erkennen, das berüchtigte Tor, das Freiheit versprach. Deutsche Worte. Wenige nur noch und doch zu viele.

Ihr frisch präparierter Schuh lag auf dem Tisch und sie suchte in der Holzkiste nach dem zweiten – hellblau, Größe achtundzwanzig. Sie sah Angstaugen zwischen dem Leder. Sie glitt behutsam über die Schuhe, als könne sie so all die Kindertränen trocknen.
Zirka 8 000 Kinderschuhe ... Sie hatte im Internet recherchiert.
Neben ihr saß die polnische Kollegin Sylwa:
Was suchst du?
Sie arbeitete an einem Lederkoffer.
Luise Neumann, weiße Schriftzeichen auf braunem Grund. Wenigstens hatte Sylwa einen Namen, an dem sie sich festhalten konnte, dachte sie und sah die kleine Luise, wie sie den Koffer bepackt ... Was wird sie mitgenommen haben?

Klick ... klack, das klickende Geräusch der kurzen eiligen Schritte, die durch den Raum hallten, Sylwas Absätze.

Kaffeepause, das schnappende Geräusch, wie sich die Restauratoren die Latexhandschuhe von den Händen zogen. Polnische Laute. Lachen, schwatzen, essen.
Sie saß stumm und fremd dabei. Ihr Frühstücksbrot klemmte irgendwo zwischen Speiseröhre und Magen.

Wo war Krzysztof?

Auf dem Heimweg hämmerte ihr Herz, je näher sie ihrer Wohnung kam. Sie konnte ihn nicht in die Arme nehmen, ohne an die Kinderschuhe zu denken.
Wenn er eingeschlafen war, lag sie wach. Sie hielt die Augen starr geöffnet, ins Dunkel schauend, als könne sie so die Gedanken wegwischen und die Zeit anhalten, die sie durch ihr Schweigen immer weiter von Krzysztof entfernte.
Wenn die Müdigkeit sie übermannte, schwebte über ihr eine dunkle Wolke. Ein siebenarmiger Leuchter, auf dem die Kerzen brannten, flackerten, schmolzen und wie Hälse von toten Vögeln über dem Kerzenständer hingen. Von einem Wachturm überblickte sie die Baracken, den Stacheldrahtzaun. Manchmal bevölkerten Schreie ihren Kopf, Bilder, menschliche Gestalten. Wenn die Bilder in Zeitlupe

zurückrollten, zurückgespult wie ein Videofilm, wenn im Zeitraffer die Menschen rückwärts aus den Kammern kamen, ihre faltigen Körper aufrichteten, sich strafften, sich ankleideten, die Schuhe zuschnürten, ihre Koffer nahmen, sich an den Händen hielten … , konnte sie einschlafen.

Manchmal sah sie eine gestreifte Nummer zwischen Gleisen. Ein skelettartiges Wesen, ein Bahnwärter, ein Weichensteller. Wenn der Waggon auf das Abstellgleis rollte, das Tor geschlossen war, die Sonne sich verdunkelte und die Bäume ihre Blätter verloren, lag Krzysztof neben ihr und hielt ihren zitternden Körper im Arm: Hast du schlecht geträumt?

Ein Bild schießt ihr durch den Kopf, ein Bild von ihr selbst, wie sie vor einem Spiegelglasfenster in Krakow steht, bewegungsunfähig, nach den richtigen Worten sucht. Wie sie sich beengt fühlt, weil sie nicht weiß, wie sie es sagen soll
Sie sieht Krzysztof hinter ihr stehen, seine schlanke Gestalt im Glasfenster. Die Hände in den Hosentaschen. Er trägt ein grau gestreiftes Hemd mit weißen Kragenecken.
Streifen! Verdammt noch mal: Warum Streifen? Graue Streifen, Streifen überall.

Sie schließt die Augen und zwingt sich ruhig zu atmen, vor allem auszuatmen, was sie, wenn sie sich ängstigt, einfach vergisst. Beim Ausatmen lässt sie stoßweise ihre Worte auf das Spiegelglas fallen:

Ich kann hier nicht bleiben ...
Krzysztofs Hände befreien sich aus den Taschen, er legt sie auf ihre Schultern: Geh nicht weg, flüsterte er. Versprich mir, dass du nicht weggehst, und greift nach ihrer Hand, umklammert ihr Handgelenk so fest, dass sein Griff auf ihrer Haut Abdrücke hinterlässt.
Nach einigen Minuten, die sie damit beschäftigt ist, die Enge im Brustkorb und Hals zu lösen, und die Nässe in den Augen herunterzuschlucken, bricht sie das Schweigen:
Ich gehe nach Berlin zurück ...
Da lässt er seine Arme sinken, als hätte die Schwerkraft ihn besiegt. Seine Umrisse im Glas, eine Schattenfigur. Hinter ihnen das Bienenstockgesumme des Krakower Straßenverkehrs ...

Tränen steigen ihr nun doch in die Augen und sie ist dankbar für die Schatten in der Schaufensterscheibe.

**SEGELN OHNE WIND**

Es gab einmal ein kleines begrenztes Land, in dem die Menschen nach Nischen suchten, um atmen zu können.
Paul hatte so eine Nische. Wenn es um ihn herum ungemütlich wurde, verzog er sich in diese.
Kaverne, wie er sie nannte.
Und ich, da ich ihn liebte, folgte ihm dorthin.

So ließ es sich leben in dieser Begrenzung.
Einer Insel mit Flüssen und Seen, Mittelgebirge und Wäldern. Für Paul gab es nur ersteres.

Mit der Wasserwanderkarte auf dem Schoß navigierte er sich durch die Wasserstraßen von See zu See. Er fühlte sich frei und unbeschwert, wenn sein Segelboot mit ihm im Wind über die Wellen tanzte. Jedes Wochenende fuhr Paul in aller Frühe mit dem Fahrrad zur Havel. Putzte, lackierte, strich. Gegen Mittag radelte ich mit gefülltem Brunchkorb zu ihm. Sobald ich mein Fahrrad im Bootshaus abgestellt hatte, *stachen wir in See.*

Bei Windstille ließ Paul sein Boot in einem verlandeten Nebenarm zwischen dem Schilf ankern. Wir saßen an Deck und beobachteten die Wasservögel.

Paul kannte alle Vogelstimmen und ihre Flugarten. Er erklärte, zeigte gen Himmel, wippte dabei mit den Händen: Gleitflug, Segelflug, Schwirrflug. Am meisten imponierte ihm der Ruderflug der Kraniche.
Und wenn Paul vom Herbst sprach, der Jahreszeit, in der die Kraniche sich von den ostdeutschen Rastplätzen erheben, um in Zuggruppen westwärts über das Rhein-Main-Gebiet bis Frankreich abzuziehen, wünschte ich mir, ein Kranich zu sein . . .

- Ruderflieger sind dazu in der Lage, senkrecht von ihrem Sitzplatz aus zu starten, was ihnen dank ihrer extrem leistungsfähigen Flugmuskulatur möglich ist. Vor dem Auffliegen werden Kopf und Hals bogenförmig zehn bis zwanzig Sekunden in Flugrichtung gestreckt, um durch Stimmsignale untereinander den Abflug zu synchronisieren.
Nach einigen schnellen Schritten stoßen sich die Kraniche vom Boden ab und fliegen mit ausgestrecktem Hals davon.
Paul wusste sehr viel über Kraniche.

Als sich das kleine Land geöffnet hatte und eine Euphorie durch die Menschenmassen. ging, radelte Paul ungeachtet der Ereignisse wie an jedem Tag zum See, um nach seinem Boot zu schauen. Er kam mir vor wie eine mechanische Puppe, die man mit einem Schlüssel im Rücken aufzieht und am Ufer neben dem Boot absetzt.

Während die befreite Menschheit sich aufmachte, um unbekannte Länder zu bereisen, zog Paul in seine Bootskajüte.

Und ich, da ich ihn liebte ...

An jenem Tag, an dem sich etwas ändern sollte, war der See bleiern. In kühler Tiefe spiegelte sich das warme Blau des Julihimmels. Libellen tanzten auf dem Wasser. Ich lag vorn unter der Fock auf dem Vorschiff, die Fingerspitzen im Gekräusel des kühlen Wassers. Zwei Schäfchenwolken über mir, träumte ich mich in eine andere Welt. Es war so still, dass ich das Knurren von Paul hörte, der auf Wind wartend an Ruder und Großschot saß, mit einer Geduld ohne Zügel. Vielleicht hatte mich sein Brummeln dazu gebracht.

Vielleicht ...

Ich wusste es nicht. Ich glaubte, es war die liebevolle Geste, das sanfte Streifen seiner großen kräftigen Hand über das Holz seines Bootes. Ich blinzelte ihm zu, und schon sprudelte es aus mir heraus:

- Stell dir vor, wir würden zusammen eine Reise machen. Man kann jetzt die ganze Welt bereisen!

Zum Beispiel: Griechenland. Das Mittelmeer. Und dieser Gedanke, Worte vorbehaltlos durch die sirrende Luft zu Paul geworfen, machte mich frei und glücklich.
- Stell dir vor: Wir sitzen auf einem Kreuzfahrtschiff, man serviert uns einen exotischen Drink . . .
Ich weiß nicht, was ich noch alles sagte.

Es waren einige Worte zu viel.

- Auf ein großes Schiff? Ohne mich, hatte er gesagt.
- Ein Kreuzfahrtschiff? Das Meer zu einem Vergnügungspark erniedrigt! Ohne mich!
Wir nehmen das Boot und unser Geschick selbst in die Hand.
Pauls Stimme flog über den Segelmast und hatte selbst die Wasservögel in der Bucht beunruhigt.

Meine Sehnsucht war davon nicht beeinträchtigt.
Sehnsucht, ein unbestimmtes, löchriges Wort für einen gelegentlichen Wunsch.
Sehnsucht als Faden, der den Raum zwischen ihm und mir mit einem Spinnennetz überwucherte.

- Ohne mich!, dröhnte es vom Heck.
Paul hatte sich ruckartig erhoben.

Die Sonnenstrahlen zitterten auf dem Wasser. Das Segel verlor seine Richtung und Paul sein Gleichgewicht. Er klatschte ins Wasser.
Ich setzte mich auf, um zu sehen, an welcher Seite er kraulend zu mir heranschwimmen würde.

Aber es kam kein Paul.
Ein Wasserstrudel, ein Wirbel, Kreise auf der Wasseroberfläche, groß, dann immer kleiner werdend. Stille.
Das Boot spiegelte sich in einem Netz von Sonnenkringeln wie eine verschlüsselte Botschaft. Ich lief, auf das Wasser starrend, ängstlich hin und her, zitternd am ganzen Körper.

An jenem Tag hatte er es zu weit getrieben ...
Wie ein Schwan, aufgeregt mit den Flügeln schlagend und auf sein Weibchen wartend, winkte er mir plötzlich vom Ufer zu.
Ich mag Schwäne nicht, das hätte er wissen müssen.

Eine Woche später ging ich zur Bank, löste mein Sparbuch auf, buchte eine Kreuzfahrt auf dem Mittelmeer und ließ Paul allein über die nördlichen Gewässer schippern.

Vielleicht hätte es ein Traum bleiben sollen ...

Ich schwanke zwischen Kabinentür und Bullauge, zwischen Bangigkeit und Abenteuer hin und her.

- Einen wunderschönen Guten Abend, hier spricht ihr Kreuzfahrtdirektor ... Eine flammende Begrüßungsrede. Man lud ein zum Kapitänsempfang in die Sirocco Lounge.
Mein Herz klopft mächtig. Sirocco Lounge? Auf dem Deckplan, der an der Kabinentür schaukelt, sehe ich den kleinen roten Punkt mit der Nummer meiner Kabine und drum herum einen farbigen Irrgarten.
Mir wird unheimlich.
Was ziehe ich an?
Das kurze Schwarze? Oder das rote lange Kleid?
... Kleiderordnung, wie lächerlich!
- Paul, bitte!

Ich nehme das rote.
Make-up, Puder, Lippenstift.

Dezente Musik aus dem Lautsprecher.
Ein Fahrstuhl erspart mir das Herumirren in labyrinthischen Gängen. Es glitzert und funkelt. Bunt frisierte Damen im Arm weißhaariger Herren. Immerhin, ein Arm, in den sie sich hängen können.

Der Kapitän, jugendlich, elegant. Ich sehe das Licht der Scheinwerfer auf dem Seidenglanz seiner dunklen Haare. Paare trennen sich und umrahmen für den Moment des Blitzlichtaufflammens den Kapitän.

Ich will unbemerkt vorbeihuschen, jedoch der Fotograf schiebt mich ins Scheinwerferlicht … Ich, die keinen Rahmen hinbekommt, so allein. Ich halte mich an meinem Sektglas fest, schlendere über das Deck, stelle mich hierhin und dorthin und bleibe doch ohne Anschluss.

Den ganzen Abend wandere ich umher, sehe Gespräche und Sprecher vorübertreiben, höre auf Unsinniges, Zusammenhangloses.

Auf dem Meer, die mondbeschienenen Wellenkämme. Meine Sehnsucht ist plötzlich eine andere.

Am nächsten Tag stecken die Fotos vom Vorabend an einer Pinnwand, ich sehe auf dem Gang zum Buffet das Gesicht des Kapitäns in leicht angestrengter Freundlichkeit tausendfach herüberlächeln.

Das Schiff schwankt – ein Wechseln von einer Seite auf die andere. Ich stehe an einem Tischchen nahe der Reling. Ganz weit unter mir das Meer. Auf dem Wasser liegt die Gischt wie eine Spitzenborte. Würde ich einen Stein ins Wasser werfen, das Geräusch des Eintauchens wäre hier oben nicht zu hören. Dunkelblaue Wellen schlagen gegen den Bug. Mein Kaffee schaukelt sich ein in den Rhythmus, der vorgegeben ist.

Geschirrgeklapper im Wettstreit mit dem Rauschen der Wellen, das schließlich zum Verlierer wird. Ein ständiges Hin und Her mit randvollgeladenen Tellern vom Buffet.
Ein dunkles Gesicht beugt sich zu mir herab. Schmale Wangen. Augen, die frei in den Höhlen liegen – traurige Augen. Thailand oder Indien. Der Mund breitet sich zu einem Strahlen. Eine Frage, ein Gemisch aus Englisch und deutschen Lauten. Nein danke, ich möchte nichts essen. Das Lächeln ist urplötzlich weggewischt, und ich sehe ein hungerndes fernes Land im Blick.
Ich hätte ein Menü bestellen sollen …
Nein, ich mag nichts essen.

In Rhodos werden wir mit Tenderbooten ans Ufer gebracht.
Busse fahren an verschiedene touristische Attraktionen. Ich habe diese Ausflüge nicht gebucht. Ich bleibe zurück, besichtige die Burg. Man will gerade schließen, so bin ich allein in den alten Mauern.

Ich umrunde die Festungsanlage. Die Abendsonne liegt über allem. Das rote Licht. Die Stille. Ich laufe zum Strand. Auch hier Stille. Die Sonne ist inzwischen ein großer kaminroter Ball, weich und leuchtend, und steht so niedrig, dass sie auf dem Meer zu ruhen scheint. Das Meer wirft kleine Wellen, ich ziehe meine Sandalen aus, laufe am Ufer entlang, weiche dem Wasser aus, das meine Fußspuren sofort verschwinden lässt. Meine Füße im Sand. Seltsam, man sieht ihnen die Einsamkeit an.

Ich reibe einen Fuß am anderen, um den Sand zu entfernen. Meine Gedanken gleiten über die Weite des Meeres, den Horizont, über den Himmel mit einer Wolke zu Paul. Ich sehe sein weißes Segel im Abendwind, wie es sich bläht, seinen schlanken Körper, wie er sich über das Heck beugt, um den Anker aufzuholen.

Zurückgekehrt an Bord, suche ich auf dem Sonnendeck einen Liegestuhl.
- Towel, Madame? Handtuch? Wieder so traurige Augen, die ein Lächeln versuchen. Ich habe das Badetuch vergessen, das auf jede Liege gehört und spüre eine leichte Röte in meinem Gesicht:
- Thank you very much!

Plötzlich ein durchdringender Blick auf mich gerichtet. Die Liege neben mir ist besetzt. Vielleicht doch noch jemand an Bord, der auch allein ist? Ich blinzele aus schmalen Lidern herüber, drehe den Kopf unmerklich und sehe über buschigen Brauen graulockiges Resthaar. Leuchtend blaue Augen versuchen sich in meinen zu verlieren.
Ruckartig bewege ich den Kopf wieder in die Gerade, schließe die Augen, als sei Sehen allen anderen Sinnesempfindungen im Wege.

Duft von Frische und Salz liegt in der Luft. Ein weicher, warmer Wind streicht über mein Gesicht.
Augen tanzen vor mir auf und ab. Himmelblau. Graugrün. Schwarze Augen. Überall Augen.
Paul. Wo sind Pauls Augen? Ich kann sie nicht finden.

Ich muss eingeschlafen sein.
Eine rauchige Frauenstimme holt mich in die Wirklichkeit zurück:
- Ich habe zwei Liegen für uns auf dem Vorderdeck reserviert. Die Stimme entfernt sich und ich höre meinen Nachbarn zwischen den klackenden Treffern seines Stockes auf den Dielenbrettern davonschlürfen.

Santorin – die griechischen Vulkaninsel – wirkt vom Schiff wie ein mit Schnee bekleckster Felsen.
Vom Land aus, vor dem Hintergrund des grauen Gesteins, das Kreuzfahrtschiff, strahlend weiß – ein schwimmender Tempel. Wohlstand und Vergnügen. Arbeitsplätze für die Ärmsten der Armen, denke ich.

Ich steige hinauf nach Thira, zur höchsten Stelle des Ortes. Vom Gipfel ein schwindelerregender Blick auf die Bucht. Mir ist es, als wäre ich aus der Gegenwart herausgetreten.
Am Kraterrand die blaue Kuppel einer Kirche, mit dem Blau des Meeres eine Einheit bildend.
Das starke Licht, klar und farblos über der Insel
Der Geruch von Sand, Meer und Kräutern.

Weiße Häuser, ausgeschüttet wie Würfelzucker. In den schmalen Gassen drängen sich die Touristen.
Blonde, braune, behütete Köpfe.
Wie emsige Ameisen, die die Ruhe stören, denke ich.
Ich strecke die Hand aus, um mich an eine Schulter zu lehnen …, doch da ist kein Paul. Die glückliche Bewegung aus der Tiefe des Körpers, ich kann sie nicht teilen.

Das Schiff meine Wunscherfüllung?

Ich versuche einen Rundgang. Der Wind tanzt mit mir, zerrt an meinem Körper. Ich muss aufpassen, dass er mich nicht zu Boden reißt. Eine schmale Treppe. Krampfhaft halte ich mich am Geländer fest, erreiche das Pool-Deck.
Am und in dem kleinen Wasserquadrat: Stille. Leere. Man wird mit dem Essen beschäftigt sein, denke ich, oder …
- Vergnügungspark …, höre ich Paul sagen.

Mein Gesicht verschaukelt über dem dunklen Poolwasser zu einer Maske, meine Mundwinkel schlingern hinauf und hinunter.
Mein Traum schwindet wie ein Schiff in einer Nebelbank.

Paul. Wenn er in der Mitte des Sees Anker geworfen hatte, sprang ins Wasser, bewegte sich wie ein Haubentaucher über die Wasserfläche, winkte mir aus der Ferne, kraulte mit mächtigen Armbewegungen zum Boot zurück, schnellte, das Gesicht von seinen Haaren bedeckt, ein letztes Mal wie ein Pfeil aus der Tiefe nach oben, um dann lachend wieder ins Boot zurückzuspringen.

Das Flugzeug kommt am frühen Nachmittag in Berlin an. Ich steige hinaus in die von Abgasen schwere Luft.
Ob Paul mich abholt?
Lautsprecheransagen.
Das Rattern des Gepäckbandes in der Ankunftshalle, Reisende mit Koffern und Taschen.

Begrüßungsrufe, das dumpfe Motorengebrumm der Busse.

Für einen kurzen Moment schließe ich die Augen, bleibe still zwischen den Menschenkörpern stehen, suche mit der Nasenmuschel nach dem Geruch von Sand, Meer und Kräutern.

Als ich die Augen wieder öffne, steht Paul vor mir.
Indem ich seine Hand nehme, merke ich, dass meine Finger von feinem Staub bedeckt sind: Sandkörner, die sich in der Tasche aneinandergerieben haben.
Sie hinterlassen auf Pauls Haut einen schattenhaften Abdruck.

Kraniche im Ruderflug - 2018
2. Überarbeitete Auflage

Die Protagonisten in diesen Erzählungen sind erfunden. Die historischen Ereignisse sind oder waren real.